住職さんは聞き上手

釈徹宗の
だから世間は面白い

釈 徹宗

晶文社

ブックデザイン　鈴木成一デザイン室
編集協力　倉田波

住職さんは聞き上手

目次

1 色即是空

2 輪廻転生

3 四苦八苦

4 如実知見

まえがき

釈徹宗

ここに収録されている内容は、『Fole』（みずほリサーチ&テクノロジーズ〔旧みずほ総合研究所〕発刊）という月刊誌で連載されたものである。この連載は二〇二三年一月で一一年を迎えた。私がホスト役をつとめ、毎月ゲストをお迎えしてお話を聞かせてもらうページである。

これまでのゲストは、小学生（当時）の春名風花さんから、九六歳（当時）の故・金子兜太さんにいたるまで年齢幅があり、それぞれの専門領域も多様である。伝統芸能者もいれば、経済学者もいる。漫画家、女優、猟師、ボクサー、数学者、シェフ、企業経営者も登場してもらっている。どの人も、ひとりひとり、じつに魅力的であった。一度もイヤな思いをしたことがない。多岐にわたるお話は、今、私自身の血となり肉となっている。

そんな一二〇名を超える人々の中から、

色即是空…羽生善治、為末大、いとうせいこう、熊谷晋一郎

輪廻転生…国谷裕子、黒川伊保子、山極壽一、佐藤優、

四苦八苦…久坂部羊、仲野徹、山口晃、坪田信貴

如実知見…高史明、小川洋子、石川善樹、平田オリザと、一六名の方を取り上げたのが本書である。雑誌掲載時にはカットした部分も収録されている。

読み返してみると、その時のお相手の声や表情や仕草が脳内再生される。時には対談終了後の雑談に興味深い話が聞けることもあった。たとえば、羽生善治さんが、軽口のように「ＡＩの棋譜はわかるんですよ。棋譜を見ると、『あ、これは人工知能が指した将棋だな』って」と言うので、「人間が指したのと違うんですか?」と尋ねると、「ええ、なんと言うのかな。ほら、翻訳ソフトで英語から訳した日本語って、わかるでしょう? あんな感じです」。私を面白がらせようというトピックスだったのかもしれないが、やけに妙味のあるお話だった。

また、いとうせいこうさんは、「一度実際に節談説教《ふしだんせっきょう》(六一頁)を聴聞したい」と言うので、その後、お誘いした。そんなご縁もあって、現在いとうさんにはＨ１法話グランプリ(超宗派による若手僧侶の法話大会)の審査委員をお願いしている。

国谷裕子さんのときも独特だった。なにしろいつもの倍ほど(といっても三〜四名だが)女子編集者がオブザーバー参加に来ていた。国谷さんの話に関心があったのだろう。そして、女性問題のところに話が及ぶと、感銘をうけて涙ぐんでいた。

あるいは、小川洋子さんのときは、私が涙ぐみそうになった。話しているうちに、二人でどんどんと深みへと進むような感覚になった。「境界」「宗教心」「物語」「死者」

……、しびれた……。忘れられない回である。

とにかくいずれ劣らぬクセ者ぞろい。毎回、時間はあっという間に過ぎてしまう。現場でのおしゃべりが圧倒的に魅力的な人もいれば、文字になってから読む方が面白い人もいる。

じつは、私自身は、自分で話したことをほとんど覚えていない。文字で読んで「へえ、こんな話したのか」「オレ、けっこういいこと言っているな、意見が合うな（当たり前だ）」と思うこともしばしばだ。おそらく意識の大半は相手が話すことに向いているからだろう。

それでは二〇二三年二月現在までにご登場いただいたゲストの皆さんを列挙しよう。お名前のみで、肩書き等は省略させていただく。ほぼ掲載順である。すでに故人となられた方もおられる。一〇年の月日はだてではない。本書に登場されている方は（　）に入れている。

茂山千五郎、井上雄彦、平川克美、中村仁一、春風亭昇太、みうらじゅん、春名風花、夢枕獏、石黒浩、山口源兵衛、西原理恵子、植島啓司、池上彰、（山口晃）、名越康文、（羽生善治）、桧山うめ吉、川崎和男、ひろさちや、（為末大）、岡田斗司夫、篠原ともえ、アサダワタル、上田紀行、市川染五郎（当時）、堤未果、平尾剛、ちばてつや、（いとうせいこう）、桐竹勘十郎、大平光代、金子兜太、江弘毅、（熊谷晋一郎）、ベニシア・スタンリー・スミス、小池龍之介、岩下志麻、細川貂々、望月昭、清水克行、伊藤洋志、山村若静紀、光宗薫、五木寛之、森田真生、（山極壽一）、（黒川伊保子）、浦沢直樹、湯浅邦弘、（佐藤優）、紺野美沙子、（久坂部羊）、久米小百合、久松達央、月亭方正、中島浩一郎、（高史明）、道野正、玉川奈々福、（石川善樹）、桂春之輔（当時）、姜暁艶、（国谷裕子）、井上真吾、井上尚弥、（仲野徹）、（小川洋子）、檀ふみ、内藤正典、（平田オリザ）、由良部正美、宮崎哲弥、江川紹子、桂文枝、杉山愛、秋満吉彦、黒田福美、（坪田信貴）、やなせなな、内藤礼、鳥井信吾、高島幸次、中野信子、ヤマザキマリ、大竹文雄、前田万葉、中川晶、若松英輔、安藤和津、ドミニク・チェン、ネルケ無方、山本章弘、土井善晴、河野景子、清水ミチコ、柳家喬太郎、ウスビ・サコ、加藤巍山、わかぎゑふ、村木真紀、濱田マリ、占部まり、千松信也、吉森保、春野恵子、青江覚峰、中島京子、森公美子、寺島しのぶ、武田双雲、葉加瀬太郎、新居洋子、東儀秀樹、前野ウルド浩太郎、いとうまい子、林家たい平、高野秀行、サヘル・ローズ、向井千秋、市川猿之助、京極夏彦、大倉源次郎〔敬称略〕

あらためて考えてみれば、ゲストはよくつき合ってくれているなと思う。なにしろホストの専門は宗教学である。これが社会学や心理学とか、あるいは政治・経済とかの人だと、どなたも話やすいはずである。宗教学者相手では、かなりヘンな立ち位置からボールがやってくることも多いに違いないのに、けっこうみなさん受けとめ投げ返してくれている。そこがこの連載のユニークなところだ。また、なにより、ライターの倉田波さん。この人である。ずっとこの連載を担当してくれていて、本書の記述もほぼ倉田さんの手によるものである。とにかくお話や対談を読み物に仕立て上げることに関して天才的だ。十年以上も続けてこれたのは、ひとえに倉田さんの手腕があったればこそである。この場を借りて心より御礼申し上げます。

そして、書籍化を企画してくれた晶文社の安藤聡さん（よく考えたら、この人から倉田波さんを紹介してもらったんだった）、編集を担当してくれた小川一典さん、ありがとうございました。

ゲストの皆さま、ありがとうございました。

1 色即是空

打たれてもめげない、
「直球勝負」も大事です。

将棋棋士

羽生善治

はぶ・よしはる―1970年埼玉県生まれ。85年四段昇進、中学校3年生で棋士となる。89年竜王位獲得。94年九段昇進。96年「竜王・名人・王位・王座・棋王・王将・棋聖」の七冠を独占して話題となる。2008年名人通算5期により、永世名人の資格を獲得。14年公式戦通算1300勝を史上最年少、最速、最高勝率で達成。17年永世七冠達成。現在、永世竜王、十九世名人、永世王位、名誉王座、永世棋王、永世王将、永世棋聖。18年国民栄誉賞受賞、紫綬褒章受章。これまでのタイトル獲得数は歴代1位の計99期。著書に『決断力』『大局観』『直感力』『迷いながら、強くなる』『永世七冠 羽生善治』など。

つまずいてみて見える「生きるフォーム」

釈　将棋のことはよくわからず、失礼もあるかもしれませんが、今日はおつき合い、どうぞよろしくお願いします。

羽生　こちらこそ、よろしくお願い致します。

釈　羽生さんは一〇年も二〇年も、勝って当たり前という期待の中で勝負を続けてこられましたよね。そこには喜びもつらさもあると想像しますけど、特に負けたときなどはどう対処されているんでしょうか。

羽生　そうですね。勝負というのは、「たまたま幸運で勝つ」ことはあっても、「たまたま不運で負ける」ことはないと思うんです。負けるときは、努力不足とか、取るべき対応を見誤ったとか、何か必ず原因がある。ですから、できるだけその原因をなくすように一歩ずつ積み重ねていけばいいんですが、そこはやはり勝ち負けの世界ですから、結果に冷静でいられないこともあります。それは何十年やっても難しいところです。

釈　なぜそのことを伺ったかというと、勝負では勝っても負けても、そこでどんな態度を取るかに、その人の「生きるフォーム」のようなものが垣間見える気がするんです。

羽生 ああ、なるほど。

釈 そのフォームとは、物事を考えたり、ある事柄について自分の言葉で話したりするときの順序のようなもので。私、毎日、学生と接していますでしょう。中には知識は多いのに話にあまり魅力を感じない子もいれば、大した意見もないのに、しゃべっていてすごく面白い子もいるんです。話が面白くない子は、世の中にあふれる情報がいつの間にか自分の意見になってしまっている。こういう子は、簡単に操作可能という感じがします。

一方、話が魅力的な子は、何かしら自分なりの手順のようなものをもっている。こんなことがあったんです。大学で宗教学の講義をしていたとき、後ろのほうで三人の男子学生が騒いでいたので、「聞いていないなら、帰れ」と出ていかせたんです。私、割と細かいことを怒るタイプなんですよ。時には怒るというより、「暴れる」に近いくらい（笑）。

そうしたら、その後、二人は来なくなった。でも、次から一人だけ、ドレッドヘアの学生がいかにもふてくされた感じで最前列に座っている。講義が進むうち、その子がいろいろ質問してくるようになったんですけど、それがいいところを突いているんです。それで、「どうして君はそう考えるの」と聞くと、「自分は宗教学のことは何も知らないけど、子どものころから音楽について考えてきた。その順序で考えると、ここがわからない」というわけです。

これに感心しまして。政治でも、ファッションでも、音楽でもいい。何か一つのことに一度でも自分の歯で噛みついて咀嚼《そしゃく》しようとした経験が、その人なりのものを考える順序をつくり、同時に「生きるフォーム」にもなるんじゃないか。それは他の問題にも汎用できるし、何かにつまずいたときも、そこへ立ち戻って立ち上がれる。いわば生きる力そのものだと思うんです。

ですから、一つのことに徹底して取り組んでこられた羽生さんは、まさにご自分のフォームをおもちじゃないかと思ったんです。

どんなに狙われても同じ手を使う強さ

羽生　いまのお話を聞いていていろいろなことが思い浮かんだんですけど、まず、最近はネットもケータイもコンビニもあって生活が非常に便利になっていますよね。でも、例えば今日この対談場所に来るということも、かつては自力で一から行き方を調べ、ルートを選び取ってたどり着かなければならなかった。困難を乗り越える方法や生きる知恵は、実はそういう日常のささいな行いの積み重ねで身につくように思うんです。

釈 ああ、わかります。

羽生 将棋でいうと、チャンスはおそらく何も知らない若い人のほうがつかみやすい。ちょっと無謀なことをやって、なおかつ運のいい人が大きなチャンスを手にする気がします。でも、ピンチへの対し方は全く別で、それまでに積み重ねてきた経験と、それをどう生かせるかがものをいう。将棋で、この一局に負けたらタイトルを失うという対局を「角番《かどばん》」というんですが、私、多いときで年に一〇回ぐらい角番を経験したことがありまして。最初はその状況をちょっとネガティブに捉えていたんですけど、さすがにそれだけ続くと力が抜けて、「負けたら、また下から上がればいい」と開き直ってくる。ある種の繰り返しによって慣れを身につけること、それによって適度に力を抜けるようになることは、ピンチを切り抜けるときに非常に大事だと思います。それが、いまいわれた生きるフォームに通じるかもしれません。

釈 なるほど。そういえば、以前、歌舞伎役者の方がもめ事を起こしたとき、記者会見で謝罪する姿がものすごく型にはまっていて格好よかったんです。それは、子どものころから歌舞伎を通して身につけたものですよね。そういう「型」が、ピンチのときに助けてくれることもあるんだなと感心したんです。

羽生　型に支えられるということは確かにありますね。史上最年少棋士としてデビューし、七七歳で現役を引退された加藤一二三《ひふみ》九段は、ある形に対して四〇、五〇年もの間、「棒銀《ぼうぎん》」という戦法しか指さないというスタイルを貫かれたんです。もちろん相手もプロだから、待ち構えて狙い打ちしてくる。加藤先生の〝直球〟をフルスイングしにくるわけです。当然それで負けてしまうことはあるんですが、では、その「棒銀」を本質的に破れるかといったら、なかなか破れないんです。

釈　ほお〜。

羽生　そこに型のもつ強さと面白さがあると思います。もしも「狙い打ちされるから、この手は避けよう」という方向に逃げてしまうと、結局、あの手もダメ、この手もダメと、どんどん打つ手がなくなっていく。自分で自分の可能性を狭めてしまうわけです。それに対して、どれだけ打たれても常に直球で「行くぞ！」と向かっていける強さがあるからこそ、加藤先生は七〇代後半まで現役を続けられたんだと思うんです。

釈　すごいお話ですねえ。そういう方は将棋界にもまれじゃないですか。

羽生　まあ、ほとんどいません（笑）。普通は、一〇球のうち二球ぐらいは変化球を混ぜようとしますから。でも、加藤先生の場合、まさにそのこだわりが自分のフォームを保つ力になったと思います。

互いの内面が見える「棋《き》は対話なり」

釈　羽生さんのご著作を読むと、他者観察がすごく面白いですよね。さまざまな人物を、実に的確に評されている。特に対局の場では、相手の内面が見えることも多いんじゃないですか。

羽生　それはありますね。「棋は対話なり」という言葉がありまして。これは、そこで指す一手に、その人の思いや考えが表われるという意味です。実際、対局を通じて、そのときなぜその手を選んだのか、なぜ一〇分、二〇分と時間をかけて考えたのかといった、互いの手の内側にあるものが伝わり合うことは少なくありません。

釈　盤上ではシンプルな動きが機械的に繰り返されているように見えても、その裏ではさまざまなメッセージ、さらにその奥にあるメタメッセージのようなものがやり取りされている。

羽生　ええ。例えば、自分の手に対して相手がすぐに指してきたら、その手は相手の読み筋どおりだったとわかりますよね。あるいは、そこで一時間も考えられたら、図らずして相手の意表を突いたか、新しい手を発見して思わず長考になってしまったか、といったさまざまな推測ができます。

羽生　だいたい対局中、棋士は全力で対戦者の考えを推し量ろうとしています。対局時間のおよそ半分は、自分の手より、相手が何を考え、何に悩んでどう指すかを考えているんです。

釈　そうなんですか！

羽生　ですから、よく「何手先まで読めるのか」といったことが関心を集めますけど、それはあまり重要ではなくて。相手の手を予測できなかったら、何百手、何千手読んでも意味がありませんから。それだけ全力で相手の考えを推し量ると、相手の本音や根っこのところでどういう性格をしているかが見えてくることが多いです。

釈　まさに「棋は対話」ですね。

　でも、そんなふうに「決まったルール内での行動に人間性が出る」ことは、将棋以外の分野でもよくあるんじゃないでしょうか。以前、ある会社で、採用試験のときに「人生ゲーム」をさせるという話を聞きました。勝ち負けとは関係なく、皆でゲームをすることで、その人が会社でうまくやっていけるかどうかを見る。それはわかる気がするんです。

釈　ちなみに将棋では、その人らしさのようなものは、知識のない覚えたてのころほど指し手に出やすいです。ある程度基礎を習ってしまうとそれが隠れて見えにくくなり、応用できるぐらい上達すると、また表れてくる傾向があります。面白いですねえ。

勝負の終わりは美しくあれ

釈　将棋には長い歴史があって、これまでに膨大な定跡《じょうせき》が確立されていますよね。それでもまだ新しい手が生まれることが不思議に思えるんです。そんなにたくさん選択肢があるのかと。

羽生　将棋は一場面に平均して八〇通りほどの可能性があるといわれますから、新しい手が生まれる余地はまだいくらでもあります。ただ、それだけ選択肢があっても、プロがそのつど本気で考える手は二つか三つ。その意味では、かなり大雑把なところでやっているんです。

釈　そういうものですか。

羽生　将棋をご存じない方からは、プロは何百手、何千手も考えられるんだから、先をクリアに見通して最適な手を選んでいると思われがちですが、そんなことはなくて。数千手も全体からいえば一かけらでしかないので、五里霧中、暗中模索で進んでいるという意味では素人の方と同じです。

釈 でも、プロの対局では、よく途中で「負けました」と勝負を止めてしまいますよね。あれは先が見えるからできることじゃないですか。

羽生 確かに、そういうときはお互いに先が見えています。同時にそこには、最後まで指すのは見苦しい、負けが見えた時点で投了すべきだという日本独特の習慣のようなものがあるんです。だから、そういう場面で最後の一手詰めまで指したら、相手の方から「俺を信用していないのか」という空気が流れると思います（笑）。私もうっかり投了せずに負けたことがありますけど、それは基本的に失礼なことなんです。

釈 そうなんですねえ。

羽生 もう一つ、日本の将棋には「形作《かたちづく》り」という習慣がありまして。これは、勝負の最後にいちばん美しい図面をつくって終えるものです。どちらの棋士が負けるかがわかった段階で、双方が一局のピリオドを打つにふさわしい場面を目指して打っていくんです。

釈 負けるときの「型」がある……興味深いなあ。

羽生 江戸時代の棋譜を見ると、きれい過ぎて創作じゃないかと思えるようなものもありますけど、これもいわば伝統で。ただ、毎回必ず「形作り」をして終えるかというと、そうでないときもある。本当はそこで終わったほうがいいのに、気持ちの整理がつかず、つい、もう一手指してしまうことも。

釈 それを避けるには、早目に自分の心の準備をしなければなりませんね。

羽生 その判断が早過ぎて、勝負がつく前に投げてしまってはまずいですけど（笑）。いずれにしろ、潔く投了する姿勢は大事です。なぜなら、将棋は対局時間が長い。自分が不利になってから一〇時間、一二時間と指し続けると、気持ちの面でも相当なダメージを受けます。ですから、潔い投了は、棋士として長く生き抜くための大切な要素でもあるんです。

日本では将棋も「ガラパゴス」である

釈 将棋は最初の形も、いかにも完成されたたたずまいで美しいですよね。それが、ある種の引き算のように、打つたびに陣形が崩れて全体が入り乱れてくる。

羽生 始まりをああいう形にしたのは、先人の知恵だと思います。おそらく何百回も試行錯誤を繰り返した末、盤の広さや駒の数、時間的にも手数的にもほどよいルールなどを決めて、あの形に落ち着いたんじゃないでしょうか。

釈　相手から奪った駒を自分の駒として使えるルールも、非常に特徴的です。そういうルールも含めて、本当にお互いの感情の奥深くまで入り込んでいく戦い方という感じがします。

羽生　実は、相手の駒を自分の駒として使うルールは日本独特のものなんです。

釈　そうなんですか。

羽生　中国では赤と黒、朝鮮では赤と青というように、敵と味方で駒の色が違うのが世界の将棋のスタンダードです。これは、日本が島国であることと関係すると思うんです。日本の携帯電話をよく「ガラケー」といいますけど、この国では将棋もガラパゴス的進化を遂げ、ユニークな形で今日に伝わっているわけです。

釈　そういうところは、思想や宗教とも共通しますね。仏教も、日本に入ってから多くの宗派が生まれたり、出家をせず社会生活を営みながら仏道を歩む「半僧半俗」の生き方が許されたり、独特の形で発達してきました。これもいまいわれたように、日本の地理が影響していると思うんです。キリスト教もそうですけど、大陸で生まれた文化が新しい土地を求めてどんどん東へ移動してくる。でも、日本まで来ると、それ以上先がないから、土着のものと折り合わざるを得ない。

羽生　最果てですからね。

釈　日本型仏教や日本型キリスト教も、そういう条件の下で生まれたと考えられます。そこには、あえて「上手に負ける」という知恵もあったように思うんです。負けながらどんどん折り合っていく姿勢が、いまの日本の文化をつくり上げたんじゃないかと。

羽生　外来のものを次々と融合して、独自の世界をつくってしまうんですよね。いい悪いは別として、それが日本の特色でもある。いまは情報や経済を介して世界中がつながり合っていますから、それぞれの地域や文化圏に固有のものが維持しづらくなっていますよね。その中でガラパゴス的進化の成果が残っていることは、むしろ喜ぶべきことじゃないでしょうか。

釈　「ガラパゴス」で何が悪いかと。私もそう思います（笑）。

「直感」を生かし、「直球」を投げる

釈　私の専門の比較思想研究では、アジアの中でも、西のほうは「分析」に力を注ぎ、東のほうは「直感」を重視する傾向があるといわれています。東アジアでは特に、対象との最初の瞬間の出合いを、余計な知識や自分の思惑が入らな

いピュアなものと捉えて大切にする。この場合は「直観」と書いて、直感と区別したりするんですけど。

羽生 面白いですね。

釈 羽生さんはご著書の中で、対局に当たっては「直感」「読み」「大局観」の三つを大切にされていると書かれていますよね。特に直感の説明が面白い。何度も繰り返した経験をベースに、瞬時に理論が通ることで起こる現象というような。

羽生 将棋における「直感」とは、自分が積み上げてきた蓄積の中から、先ほどいった二つか三つの手を経験則によって選択できるような力だと思うんです。ですから、一〇代のころは「読み」が八割程度だったのに対し、年齢とともに「直感」の比率が上がり、いまはそれぞれに頼る割合が半々という感じです。

釈 「ゾーンに入る」といういい方もありますけど、非常に調子がいいときは、直感に従ってポンポンと指していける感じですか。

羽生 まさにそうです。そういうときは、だいたいゴールの状態が見えているんです。その場合は、いまと最終的な形とを比べて間をロジックでつなげていくだけですから、それほど頭を使いません。もちろん、大抵はゴールが見えず、試行錯誤するわけですけど。

釈　勝手な想像ですけど、自分と相手との間で純度の高いメッセージがやり取りされ、互いの考えが手に取るようにわかるような勝負が一つの理想に思えるんです。それはまた、取り組んでいてとても気持ちの良いものじゃないかと。

羽生　そういう勝負は確かにありますね。「これはこうくるな」と思うとそうくる、「ここはあの手だな」と思うとそう指す。こういうときは、思考のプロセスも一致しています。もちろん、それでも一方が勝ち、他方が負けるわけですけど、それは明らかに良い対局なんです。

釈　そんなときでも、何かの拍子につまずくと、自分の思惑や都合がどんどん湧いてきて、それがじゃまになって直感をうまく生かせないようなこともありますか。

羽生　そこは自分との闘いでもあるし、また、考え方の問題でもあると思います。というのも、やろうと思えば、そこで相手の長所を殺すような指し方もできるんです。あの人はこの形が得意だから、それは封じようとか。ところが、そうすると相手の長所だけでなく、自分の長所も死んでしまうことがある。マラソン競技などでも、選手同士が牽制し合ってタイムが伸びないことがありますよね。そういう戦い方は全体としてのパフォーマンスを下げ、泥仕合になりやすい。

全体のパフォーマンスを上げたければ、双方の長所を最大限に生かす戦い方がいいわけですけど、その場合は双方ともに強くなるから、自分が勝てる保証はない。結局、どちらの場合も勝敗はわかりません。でも、それも含めての「棋は対話なり」だと思うんです。戦い方に表れるのは勝ち負けのセオリーではなく、指す人の生き方なんです。

釈 生き方ですか。

羽生 泥仕合を重ねることは、自分の成長も妨げます。ですから、やはり加藤先生のように、相手にホームランを打たれる確率がいかに高くとも、直球を投げ続ける姿勢は大事だと思っています。

釈 ど真ん中に球を投げて、やっぱり打たれても……(笑)。

羽生 それでも「行くぞ!」と(笑)。それこそまさに、「生きるフォーム」ですよね。結局、その一手が自分の中で腑に落ちるかどうか。それが全てだと思います。

何かを諦めたほうが、手に入るものがある。

Deportare Partners代表、元陸上選手

為末 大

ためすえ・だい——1978年広島県生まれ。スプリント種目の世界大会で日本人として初のメダル獲得者。男子400メートルハードルの日本記録保持者（2022年12月現在）。現在は執筆活動、会社経営を行う。Deportare Partners代表。新豊洲Brilliaランニングスタジアム館長。Youtube為末大学（Tamesue Academy）を運営。国連ユニタール親善大使。主な著作に『Winning Alone（ウィニング・アローン）』『走る哲学』『諦める力』など。
Deportare Partners https://www.deportarepartners.tokyo/
為末大学（Tamesue Academy） https://www.youtube.com/c/TamesueAcademy
新豊洲Brilliaランニングスタジアム http://running-stadium.tokyo/

「自分」とは他人に規定されるもの

釈　為末さんは、世界選手権で日本人初の銅メダルを取ったり、オリンピックに三回出場されたり、陸上の世界で大活躍されましたよね。

為末　引退後は「人間と社会の可能性を拓く」というコンセプトで、スポーツを通したコミュニケーションや教育、アスリートの社会参加など、いくつかのテーマを研究しています。その一例として、以前、「人の評価を成果で測るべきか、努力で測るべきか」という問題を一般の方々とウェブ上で論じたことがありました。

釈　評価の基準をどう考えるかということですか。

為末　はい。一〇〇メートル走の選手であれば、一〇秒より九・九秒で走ったほうが成果としては上ですよね。でも、現実社会ではそんな小さな差は測りようがない。だから、さまざまな場で、「どれだけ自分を犠牲にしたか」ということが重要な評価基準になっている気がするんです。実際に少し前まで、残業する社員のほうがしない社員より評価が高い傾向があった。でも、評価を決めるには、まず何よりも目的を設定して、それに対してどれだけ近づけたかで測るべきだと思うんです。その目的は、必ずしも数値化できるものでなくていいんですけど。

釈　評価には、「自己評価」と「他者評価」がありますよね。自分の能力やパフォーマンスにどれだけ自信があっても、それが他者の評価と一致するとは限らない。この二つがずれたとき、人は苦しみを感じると思うんです。逆にそこさえ噛み合っていれば、それなりに幸せに生きていけるんじゃないかと。

為末　そうですね。評価の難しさは、確かに比較から逃れられないところにもあると思います。「あなたはどんな人か」と聞かれて、「背が高い」「優しい」という場合、その前には必ず「人より」という言葉が付きますよね。世間に向かって自分のことを説明しようとすればするほど、比較に囚われてしまうという問題がある気がします。

釈　それは、「自分」というものが、そもそも他者によって規定されるものだからかもしれませんね。

為末　ああ、そうかもしれません。

釈　私、よく学生から「人間関係がうまくいかない」「これから自分がどんな活動をしていけばいいのかわからない」といった相談を受けるんです。そんなときは、「周りの人を観察してごらん」といっています。

自分の周りには、自分とよく似た人や全く違うタイプの人がいる。似ている人を見て、「ああ、やっぱり、この状況ではああいう態度を取るんだな」と納得したり、異なるタイプの人の言動に、「えっ、人前であんなことをするのか。自分にはとてもできないな」と驚いたりする。そういう他者観察が自己分析につながって、自分の輪郭が見えてくることがあります。これもいわば、「他者によって規定される自分」ですよね。

為末

ええ、確かに。

釈

それができるようになったら、自分と異なる人の真似をしてみるよう勧めています。実際にやってみると、これはやっぱり、自分には向いていないということもあるけど、自分に足りない部分を適度に補えたりもする。それを繰り返して、その人なりの生きるフォームみたいなものができてくると、人間関係がうまくいくことが多いんです。

誰もが「ペルソナ」を演じている

為末

いまいわれたようなフォームをもつことは、「演じる」ことにも似ていますね。僕も現役時代には、まさに他人を観察し、模倣し、それを自分で評価することを繰り返していました。その経験から考えても、じつはこの世は演技で成り立っているんじゃないかと思うこともあるんです。

釈　私自身も毎日、父親、僧侶、教師といったマスクをつけ換えながら暮らしていますからね。それぞれのペルソナによって立ち居ふるまいから言葉遣いまで変わることは、自分でもかなり意識しています。

為末　興味深いのは、そういうペルソナを全てはぐと、いったいどうなるのかということですよね。玉ねぎのように何も残らないのか、あるいは、最後に梅干しの種のようなものが残るのか。競技場で選手として勝負をするときは、そういう仮面を全てはがされて丸裸になっている感覚があるんです。では、そこで戦うのは素のままの自分なのか、仮面をむいた果てに現れる、究極的に陶酔し切った役柄なのか。

釈　むいたら何もなかった、というのが、最も高いパフォーマンスを上げられそうな気がしますけどね。

為末　そうかもしれません。こんなことを考えるのは、僕がすごく関係性に影響されやすい人間だからなんです。要するに、空気を読んでしまう。読まないタイプのパフォーマーもいるんですけど。

釈　例えば？

為末　イチローさんとか（笑）。その人がそのまま出て行って、そのまま帰ってくるような感じですよね。でも、僕は違う。空気を読むと、どんな結果が出るだろう、失敗したら人は何というだろうと、つい想像してしまいます。想像は恐怖を招きやすく、パフォーマンスの質を下げやすい。

実際、周りを気にしているときは、意識が遠くに飛んでいる感じがあるんです。それに対し、本当に力を発揮できるのは「このままの自分で、いまできることをやろう」と開き直れたとき。そうなるには周囲との関係性を断ち切る必要があるんですけど、これがなかなか難しい。僕がやっていたのは、競技場に入るとき、能面みたいな顔をして入る方法です。人が話し掛けてきても無視する。そういうことが何回か続くと、周りも「あいつはああいうやつだから」と認識して話し掛けてこなくなります。

釈　「能面」というペルソナを装着するわけですね。

為末　はい。そうやってシャットアウトすると没頭できる。さらに集中していくと、この世にハードルと僕だけしか存在しないような状態になります。そのとき、そこにまだそのペルソナがいるのか、自分というものが完全に消えた状態なのかはわかりませんが……。

どこまでも「可能性」を見せられる残酷さ

釈　「本当の自分はあるのか」という問題は難しいですよね。仏教では、梅干しの種のような「自分」の本体はないと考えます。それが仏教という宗教の最大の特徴ですけど、私、仏教はどこかで「自分」があるかないかはどちらでもいいと考えているように思うんです。

為末　そうなんですか。

釈　はい。ただ、「ない」と考えたほうが解体できる苦悩があるので、そちらの立場に立つということではないかと思います。

これ、私自身の実感でもあるんです。友人に甲谷匡賛《こうたにまさあき》さんというALS（筋萎縮性側索硬化症）の患者さんがおられまして。ALSは全身が不随意になっていくのに、思考力は衰えない。死にたいと願っても、自死することも難しい。非常に残酷な病気です。甲谷さんも体が動かなくなっていく中で思考だけがどんどん膨らんで、観念の塊みたいになって苦しんでおられた。そのとき、「自分とは、関係性の中で一時的に成り立つ虚構に過ぎない」と考えることで、実際に苦悩を解消できたというんです。

為末　そのご友人はご病気で本当に大変だと思うんですが、いまのお話は現代人の苦しみを象徴するような側面がありますね。僕たちは息苦しさを感じざるを得ないほど、「自分」が強くなり過ぎている。

釈　おっしゃるとおりです。

為末　その原因の一つに、インターネットやSNSの発達もあると思います。これらが生んだメリットは計り知れませんが、一方で、そういうものがなかった時代には、人はこれほど多くの「他人の人生」を見なくて済んだ。ネット上には、「思いさえあれば誰でも成功できる」「努力は必ず報われる」といったメッセージが踊っています。でも、現実に成功するのは、ある三角形の頂点に近い数パーセントに過ぎない。だいたい、皆が成功したら、「自分は成功した」とは思えないわけで。

釈　「成功」も大半は比較の問題ですからね。

為末　現実はそうなのに、可能性ばかりを見せられる残酷さ、どこまでも成功を夢見て現在に意識を置いておけなくなる不自由さがあります。どこにでも住めるし、誰とでも出会える。さあ、あなたに合うものをどうぞ、といわれ続ける苦しさが。

釈　もっと自分に合った場所、適した仕事があるんじゃないかと考えて、不全感を抱える人は増えていますよね。

もう一つ、いまはさまざまな代替え手段があるために、ひとたび欲望のベルトコンベアに乗ると、そこから降りにくくなっていると思うんです。人の欲望を「ニーズ」という言葉に置き換えて、それを満たすものを社会がどんどん提供してくる。がんの治療でも不妊治療でも、これがダメなら次はこれというふうに、いくらでも代替え手段があるように思わされてしまう。そのために、現実には諦めて受け入れるしかないことも、諦め切れなくなっています。

為末　確かに選択肢が多すぎることは問題ですよね。自分の経験からいうと、欲に振り回されないためには、「諦める領域」と「諦めない領域」を決めることも有効だと思うんです。全方向に欲を振りまいても、あるいは潔癖に欲を抑え過ぎても、身がもたない。僕も現役のころは、欲の投下を「足を速くする」「好きな物を食べる」という二点に絞って、他は捨てていました。絶対に守るものと不要なものを決めて、欲を配分するだけでも、「自分」や「自分の欲望」を整えられる気がします。

釈　それはいいですね。情報なんかも、三〇年ぐらい前まではいかに入手するかが問題だったのに、いまはいかに不要なものを削ぎ落とすかが重要になっている。捨てる技術、諦める技術を、皆が身につけないといけない時代になっているのかもしれません。
その意味で、私、為末さんが現役を引退されるとき、自分なりの儀式をされたというお話を伺って感動したんですよ。

現代人にこそ必要なイニシエーション

為末 北京オリンピックの後、引退を考えつつ、まだずっと続けられそうな感じもあったんです。ならばなおのこと、ダラダラといつまでも引きずらないために、ある程度強制的に切らないといけない。自分と約束を交わし、「あの日、終わった」という区切りをつけることが大事じゃないかと思ったんです。それで、次のロンドンオリンピックに向けたレースを、競技人生の最後にすることを決めました。
ただ、それには徹底してやり切る必要があった。結果的に二〇一二年の陸上日本選手権で転倒、予選落ちしましたけど、それまでの四年間、自分なりに思い切りやれたことで踏ん切りがついたと思います。

釈 はっきり負けることが、ある種の儀式になるという感覚もあったんですか。

為末 そうですね。ボロボロになって終わったほうが後々いい、という予感もありました。それは過去の競技人生の中で、意外にも勝つことで問題が起きたり、負けることが思わぬ学びにつながったりしたことと関係するかもしれません。

釈　そういう線引きは大事ですよね。現代社会はかつてに比べて、イニシエーションのようなものがなくなっているでしょう。諦めないでいようと思えば諦めずに済み、子どもでいようと思えば、いつまでも子どもでいられる。でも、人間が老・病・死を避けられない限り、いつかは自分の欲を手放さざるを得ません。ある種の「通過儀礼」のようなものを通して自分の欲望に区切りをつけることは、むしろ現代人にこそ必要な知恵だと思います。

一〇〇メートル走の記録はなぜ伸び続けるのか

釈　話は変わりますけど、以前、為末さんに伺った、「自分の立ち位置によって、パフォーマンスのリミッターが変わる」というお話がすごく面白くて。

為末　認知心理学の実験で、韓国系の女性に日を変えて二種類の質問群に答えてもらうというのがあったんですね。一つは「どういう食べ物が好きか」「どんな衣装を着るか」といったもので、気づかないまま、自分が韓国人であることを意識するようになっている。もう一つは「いつ髪を切ったか」といった質問で、

釈　自分が女性であることを意識する内容です。この二つの質問群で一つの社会問題を扱ったとき、同じ人が、韓国人としては「イエス」なのに、女性としては「ノー」ということが起こる。立ち位置によって、同じ問題に異なる立場を取ることがあるわけです。

あるいは、アメリカでは一般にアジア人は数学的能力が高く、女性は低いといわれています。この傾向にフォーカスした実験でも、「アジア人」を意識すると数学の能力が上がり、「女性」を意識すると下がるというように、有意な差が出たといいます。

為末　いやあ、面白い。

これは「自分は優れた側にいる」と意識することがパフォーマンスを上げるということですよね。この傾向は、じつはスポーツの現場の感覚とも一致します。ある統計では、甲子園に出る高校球児の誕生月に、四月＝四、五月＝五……と数字を当てていき、一月、二月、三月は一三、一四、一五として平均値を出すと、六か七ぐらいになるという。これはどういうことか。他の要因も考えられますけど、四月や五月に生まれた子は体が大きいから、幼少期に「自分は優位な側にいる」と認識しやすいですよね。それが、成長後のパフォーマンスに影響しているとも考えられるわけです。

釈　小学生ぐらいだと、誕生月によって体格や学力がかなり違いますからね。

為末　アメリカでも、CEOには九月から一二月に生まれた人が多いというんですよ。アメリカの学校の新学期は、九月に始まるので……。

釈　そうなんですか。

為末　つまり、自分を社会のどこに位置づけるかで、人生そのものが大きく変わる可能性がある。どうも限界というものは、自分の内側にあるのではなく、多分に外的な要因で決まるように思えるんです。そうでないと、一〇〇メートル走の記録があれほどのスピードで伸びていくことが納得しがたい。

釈　一〇〇メートルは、かつて一〇秒以下では走れないと考えられていましたよね。ところが、誰かが一〇秒を切った途端、まるで雪崩を打つように皆がその壁を超えるようになった。それ以前は、人の脳や心にリミッターが掛かっていたということかもしれません。

為末　おそらく。だとすれば、自分の認識を変えることで、気づかないうちに自分で設けてしまっている限界を超えていけるのかもしれません。

乱れる「心」は「体」から整えよ

釈　私の知人に、陸上競技ではスパイクのない靴で走るほうが、記録が伸びると考えている方がおられるんです。スパイクにはブレーキの作用もあるので、ないほうが体が自然に動くんじゃないかと。

為末　それは、実戦では難しいでしょうね。ただ、足の裏というものには、まだわれわれが気づいていない可能性がある気はします。赤ちゃんの足の指なんかを見ていると、人間の身体性はもっと開く余地があるんじゃないかと思えるんです。

釈　赤ちゃんは四つ足で上手に歩けるのに、ある時期が来ると、懸命に二本足で立とうとしますよね。そのほうが不安定なのに。

為末　実際に二足歩行は不安定で、人は歩いたり、走ったりするときも揺らいでいるんですよね。僕らは左右どちらかの足に一度体重を乗せないと、走り出せない。最初の五歩ぐらいは、魚が泳ぎ出すときみたいに揺らぎながら進みます。この揺らぎ方が文化圏によって違う気がして。

釈　ほお〜。

為末　欧米人は肩を使って、比較的左右に大きく揺れながら歩きます。でも、日本人は肩や腕をあまり振らず、全体に揺らぎが少ない。走るときも、おへそのあたりを中心に、ゴールに向かってスーッと前に出ていく感じです。

釈　その動きは、仏教が説く体の使い方にも通じます。東アジアの仏典に、背骨を底辺、おへそを頂点とした三角形をイメージし、おへそが同一線上を先行するように歩けという話が出てきます。肩を水平に保ったまま。

為末　面白いですね。僕自身の感覚でも、日本人の走り方はそんなふうにどこかが定まっているほうがいい気がします。それは物心つく前に学んだ動きだから、後から変えるのは難しいんじゃないかと。

釈　宗教学に、市民宗教（シビル・レリジョン）という概念があるんです。アメリカの社会学者が唱えた理論で、その社会の人々の価値観の土台になっていながら、「宗教」として意識できないほど肌感覚になっている宗教をそう呼ぶ。アメリカの市民宗教はキリスト教プロテスタントですから、アメリカは多民族、多文化、多宗教国家でありながら、そこで暮らす人の考え方や行動様式がどうしてもプロテスタント的になるといいます。

日本の場合、この市民宗教に当たるのが仏教や神道だと考えられていて。体の使い方も、無意識にそれらの影響を受けているのかもしれません。

為末　なるほど。

釈　キリスト教文化圏が内面の信仰を重視するのに対し、アジアでは体を使って心を整える方法が発達したところがあります。特に仏教は行為と精神をコインの裏表のように一体と考えるので、心を整えるための身体メソッドがたくさん伝わっているんです。

為末　認知心理学のような領域でも、「人間の内面は動作に影響される」とされていますよね。マンガを読むとき、割り箸をくわえて口角を上げながら読むと、面白さが二〇パーセントぐらい増すという。「楽しいから笑う」だけでなく、「笑うから楽しい」という方向性も確認されています。

そこを拡大解釈すれば、立ち居ふるまいや表情などで、人の内面がかなり変えられると思うんです。心が乱れたとき、直接心に手を突っ込んでどうにかしようとするより、「静かに座って深く息をしましょう」といったほうが効果的かもしれない。昔は、そんなふうに体を使うアプローチが大切にされていたと思うんですけど。

釈　それが消えたのは、近代以降、不合理なものを軽視するようになったからかもしれませんね。頭には合理的なものが栄養になるけど、心身には理屈で説明できないものが滋養になる。文化がそうですよね。ひと昔前の日本には、畳のへりや敷居を踏まないというタブーがありました。「なぜ？」と聞かれても、誰も説明できない。でも、そうした習慣は不合理だからこそ、心身を養う力があったと思うんです。

為末　人間が幸せを求めるとき、いちばん手がつけられないのが感情、つまり心ですよね。テクノロジーがどれほど進んでも、心の領域は最後の最後まで謎として残るかもしれない。心とは何か。あるいは、「心とは何か」と考えている、この自分とは何なのかという問題が。そのとき、体からのアプローチが何らかのヒントになるかもしれません。

釈　現代人の乱れやすい心、肥大しやすい自分を整えるために、「体でできること」はこれからもっと注目されていいですね。為末さんの学びと気づきに期待しています。

1
色　即　是　空

何かを諦めたほうが、手に入るものがある。　為末 大

「物語」の力を
いま取り戻せ。

作家

いとうせいこう

1961年東京都生まれ。早稲田大学法学部卒業後、出版社に勤務。編集者を経た後、音楽、舞台、テレビなどさまざまな分野で活躍を開始する。日本語ラップの先駆者の一人。88年小説『ノーライフキング』で作家デビュー。99年『ボタニカル・ライフ』で第15回講談社エッセイ賞受賞。2013年『想像ラジオ』が第35回野間文芸新人賞受賞。他の主な著書に『ワールズ・エンド・ガーデン』『解体屋外伝』『ゴドーは待たれながら』『親愛なる』『今夜、笑いの数を数えましょう』『「国境なき医師団」になろう!』。共著に、みうらじゅん氏との『見仏記』シリーズなど。

「水と死者」のイメージが離れない

釈　いとうさんは、作家の中上健次さんが設立された熊野大学で講師をされていますよね。内田樹先生とやっている「聖地巡礼」というシリーズで熊野を訪れたとき、関係者の方々からいとうさんの話をずいぶん伺いました。

いとう　中上さんが亡くなった翌年あたりから参加させていただいて、以来ずっと熊野に通い続けています。熊野というのは不思議なところで。

釈　プリミティブな宗教性がむき出しになったような場所ですよね。

いとう　前にクルーズ船で沖を通ったんですが、海側は恐ろしいほどの断崖絶壁。「渡海浄土《とかいじょうど》」を感じざるを得ない崖の峻厳《しゅんげん》さと、その奥に広がる豊かな森の対比がすごい。極端なものが詰まっている感じがします。

釈　いまいった巡礼には牧師さんも同行されたんですけど、「こういう場の力が強いところには、キリスト教も太刀打ちできないと感じる」とおっしゃっていました。仏教も同じように感じます。

いとう　その熊野も、二〇一一年八月に来襲した台風一二号で、大変な水害に見舞われた。僕、東日本大震災の後、『想像ラジオ』という小説を書きまして。巨大な津波に飲まれ、杉の木に引っかかったまま亡くなった人がひたすら語り続ける物語なんですけど、それを読んだ熊野大学の人が、その水害のときも似たようなことがあったというんです。家の二階の天袋まで水が届いて、そこに逃げ込んだ人が亡くなってしまったと。

釈　そうでしたか。

いとう　そのイメージが、しばらく頭から離れなかった。もう一つ、その数年後に、滋賀県の川に浮かんでいたトランクからお婆さんの遺体が見つかるという事件がありました。屈葬のような状態で、亡くなってから入れられたようだという。娘さんが逮捕されたんですが、もしも死体を隠すのが目的なら、土に埋めたと思うんです。あえて冷たい川に送り出したのは、そこになんらかの理由があったんじゃないか。

このトランクのエピソードは短編小説にもしましたが、3・11以降、そういう「水と死者」の問題が、自分の中にずっと引っかかっているんです。

「理解できないもの」を尊重する

釈　いまのお話で思い出したんですけど、私が最初にいとうさんをすごいと思ったのは、いまから二〇年以上前に『解体屋外伝』という小説を読んだときなんです。

あの作品では、世界規模の宗教団体をつくるために人々の洗脳を企てる「洗脳屋」と、その洗脳を外す「解体屋」の闘いが描かれていますよね。いとうさんはそこで、洗脳者だけでなく、その洗脳をディプログラミングする側の暴力性にも目を向けていた。洗脳者の暴力性は誰でも感じるでしょうけど、それを解体しようとするギリギリのせめぎ合いの中では解体者側の暴力性も発生する。そこを見落とさない感性に驚いたんです。

いとう 洗脳を外すこと自体、もう一つの洗脳でもありますからね。結局、ある価値観をどう強要するかという問題で。

釈 おっしゃるとおりです。そこには宗教特有の事情もありますよね。宗教の領域では、ある信仰をもつ人にとって何ものにも代えがたい重要な問題が、他の道を歩む人にとっては全く無意味だということが起こります。イスラム教徒にとって「豚肉を食べない」ことは非常に重要ですけど、他の宗教を信じる人にとっては何の問題もない。そういう事柄に対して、「自分たちだけが絶対に正しい」と主張するのではなく、「それは私の信仰では禁じられているけれど、あなたの信仰の中ではOKであることを尊重します」というふうに、ある種の「宙吊り状態」にしておけるのが宗教的な知性だと思うんです。

それと同じように、大きな災害が起きたとき、死者の声に耳を傾けようとするのは大事なことですけど、「その声を完全に理解することはできない」という節度も必要だと思います。いとうさんの小説にはそういう節度を感じますし、『水と死者』の問題がずっと引っかかっている」といわれたように、シンプルな答えに飛びつかない慎重さにも宗教的な感性を感じるんです。

いとう　そうですね。いまの世の中はすぐに論理的な解答を求めようとしますけど、僕はそういう「解答」に近づけば近づくほど、自分の中で危険信号が点滅するところがあるんです。さっきの滋賀県の川の事件も、もし僕がノンフィクション作家なら、たぶん原因や背景に理詰めで迫ろうとするでしょう。ノンフィクション、あるいは報道とはそういうものだから。でも、それは一種のチキンレースで、ノンフィクションや報道がレースに勝つ側だとすると、小説は「怖くてゴールまで行けないよ」と途中で脱落する側に寄り添うものだと思うんです。

その意味で、小説というメディアはどこか祈りに通じている。それが何に近いかというと、宗教に近い。

1
色即是空

天とつながるためにまず地と交流せよ

いとう 日本の古典芸能も、負けた側、つまり死者に寄り添い続けてきましたよね。非業の死があれば、すぐに歌舞伎ができ、人形浄瑠璃ができた。大スターが演じることで、それ自体、娯楽にもしてしまう。そうして最後は「南無阿弥陀仏」と成仏を願い、祟りを封じて終わるというパターンがあります。僕自身、古典芸能と同じことをやることに反発も感じつつ、現代の文学はそういう日本の伝統と切れ過ぎているんじゃないかという不満もあるんです。

釈 いとうさんは謡曲を習われているそうですけど、謡曲も死者の語りを聞くという珍しい芸能ですよね。元々、日本の古典芸能に惹かれるところがあったんですか。

いとう 学生時代から人形浄瑠璃の語りに興味があって、いまから二〇年以上前に浅草に住み始めたとき、芸者さんたちに浄瑠璃を習いたいといったんです。そうしたら、「浄瑠璃は声をつぶすから、まず小唄をおやりなさい」といわれて。それから二〇年かけて小唄の名取になりました。それでもういいだろうと、大阪の太夫の方に浄瑠璃のお稽古をつけてもらううち、日本の語り芸にどうしようもなく惹かれていった。一方で、昔からラップもやっていて。

釈　ラップもある種の語り芸ですよね。

いとう　ああいうふうに社会的な主題を扱う歌は、昔から日本にありましたよね。お坊さんの説教に節をつけた説経節《せっきょうぶし》、川上音二郎で有名なオッペケペー節、大正デモクラシーで流行ったバイオリン演歌。考えたら、どれも日本語で人を説得し、その内心を変えようとするもので、それこそ洗脳の問題につながります。そう思ったら、今度は演説が気になりだして、ネットで近代の政治家の演説を聞くようになった。三島由紀夫の自決前の演説とか。

釈　何を目指しているのか、よくわからなくなってきました（笑）。

いとう　ただ、そんな中でも、能だけは見ないようにしていたんです。日本の文化人は必ず能に向かうし、そこまで行けばなんとなく「上がり」という感じがある。でも、自分はもっと民衆寄りでいたい。ところが、数年前に謡曲のＣＤを聞いたら、ものすごく良くて。謡曲ならギリギリ習っていいだろうと、能楽師の安田登さんに弟子入りしたんです。

釈　謡曲の発声は気持ちいいですよね。全身を振動させて声を出して。

いとう　そう！　いまある歌舞音曲の元がほとんど浄瑠璃だとすると、それ以前にあるものが謡曲でしょう。基本的に「あるだけの声は出せ」という考え方で、謡っている最中は自分がバイブレーションそのものになる。そのとき師匠から、「上《うわ》ずるな」といわれるんです。「声を下へ、下へと下ろせ。土に下ろして広げていけ」と。これは能の役者が摺《す》り足をするのと同じで、天とつながるためにはまず地と交流しろということだと思うんです。下へぴったりついておかないと、考えが上ずる。慎重にならないと、ぶっ飛べない。

釈　禅の瞑想や呼吸法も、意識を下へ下ろすためのテクニックです。ふだん頭のあたりにある意識を足の裏まで下ろす。すると、地との境界が溶けていく。能の場合も、それをすることで何かが降りてきたり、死者の世界がギューッと手元に寄ってきたりするんじゃないですか。

いとう　そうですね。結局、能はシャーマン的な体をどうつくるかだと思うんです。ただ、僕、師匠から「いとうさんはもっていかれやすい」といわれたことがあって。確かに小説を書いていると、書いていることが実際に起きているような気がしたり、現実と非現実の区別がつかなくなったりすることがあるんです。それは小説家としては長所でもあるけど、能の場合はたぶんそこをブレずに演じられないといけない。だから、そうならないためにも摺り足をしろ、と。

釈　摺り足が、現実との紐帯《ちゅうたい》になるわけですね。シャーマンも、自分を現実につなぎ留めるために呼吸法を実践したり、楽器をドンドンドンドンドンと同じリズムで刻むようなことをします。変性意識があまり活発だと、自分が壊れてしまいますから。

いとう　ある有名なロック歌手のボイストレーナーも、レッスンで摺り足を薦めていたそうです。どうしたら大勢の人がいいエネルギーで盛り上がれるかを分析して、そこにいきついたんでしょう。その意味で、芸能者はワールドワイドに同じことを語っている可能性もあります。

古代人と同じ振動に貫かれる

釈　芸能の源流をさかのぼれば、宗教行為へと行きつきます。これは世界共通です。日本でいえば、謡曲の抑揚や発声法も経典や祭文《さいもん》の読誦からきたと考えられますし、民謡や演歌のこぶしも、元をたどれば声明《しょうみょう》や梵唄《ぼんばい》に原型があります。いとうさんもどんどん源流をさかのぼっていますから、そろそろお経を読み始めるかも……（笑）。

いとう　いや、いつ読んでもおかしくないです、僕は（笑）。

釈　みうらじゅんさんとの『見仏記』などでずいぶんお寺を回られているので、本堂で自分の声を響き渡らせたいという欲求が芽生えておかしくないと思います。実際、読経のさまざまな技術を使って本堂でお経を読むと、本当に気持ちいいんですよ。
　以前、東大の先生と機械を使って人がどんな音を心地いいと感じるかを調査したら、お寺の本堂では、その寺の住職がいちばんいい音を出せることがわかりました。何十年もそこでお経を上げ続けていると、声が建物と連動してくる。響く音階や、そこでの体の使い方が自然に身についてくるらしくて。

いとう　その心地いい音って、倍音じゃないですか。

釈　そうです。仏教には元々、倍音声明という独特の読誦法もありますけど、それは瞑想法の一つなんですね。お経を読んでいるとだんだん倍音が出始めて、瞑想状態に入っていく。モンゴルとチベットにしかないんですけど。

いとう　ホーミーもモンゴルですよね。

釈　私の仮説ですけど、西洋でクリーンな一音を出すような発声法が発達したのは、グレゴリオ聖歌が発達したころの教会が石造りだったことと関係すると思うんです。ああいう建物の中で幅のある声を出すと、反響し過ぎますから。一方、木や土や紙でできたアジアの建物の中では、幅のある音のほうがよく響く。さらに何も反響するもののない草原のような場所では、自分の体を振動させるしかないので、倍音を使った発声法が発達したように思います。

いとう　倍音を使う発声法は、ペルーにもある気がするんです。前にナスカに行ったんですけど、あそこも周りに反響するものがない。ああいうところで声を響かせる手段は、やっぱり倍音しか考えられない。

じつは僕、高校三年のときに最初の精神的危機を迎えまして。希望していた大学に受かったものの、一種の燃え尽き症候群で、それから入学するまでの間に人生初のうつがきた。毎日、死ぬことしか考えられない。

そのとき土取利行《つちとりとしゆき》さんという音楽家のホーミーのライブに行って、買ってきたCDを家で聴いていたら涙が出てきたんです。びぃ〜、びぃ〜、びぃ〜っていう倍音が聴こえてくるだけなんですよ。でも、おそらく太古の人類は、さえぎるもののない大地の上で宇宙から届く音を体で受け止めていた。仮に生きていることに何の意味もなくても、この音みたいに自分も同じバイブレーションに貫かれていることを感じられたら、それでいいじゃないか、と。で、一時間ほど泣いたら治っちゃった、うつ病が。

その後、ヤン富田さんというミュージシャンと電子音楽とインドの弦楽器を使ってラップをやっていたとき、ヤンさんがいうわけです。「結局、俺たちは倍音の音楽をやっているだけだ」と。僕の周りには、なぜかそういう人ばかり集まってくる(笑)。とにかくわかったのは、倍音は自分にとって特別な力をもっていること、良いノイズで体を呼び覚ましてくれるということです。

釈　面白いのは、倍音は人間の可聴領域外の音だから聴こえないはずですよね。でも、誰にでもわかる。

いとう　音楽は耳だけでなく、体への振動で聴くものなんですね。前にクラブでライブを聴いていたら、ドラムとベースの音が明らかに可聴領域を外れている。でも、ドドドドドンという振動は伝わっていて、これこそ音楽だと思いました。それは爆音でないとわからない。いまのように小さなイヤホンの世界に閉じ込めたら、音楽の聖性は失われますよ。

釈　大勢の人が同じ場所で、同じ振動を感じる喜びは格別ですからね。そういう共振の喜びは、おそらく古代から変わらないと思います。

いとう　古代人は人の輪の中心に皮を張った縄文式土器を据えて、周りで火を焚いたりしながら、その太鼓をボンボコやっていたんじゃないですか。僕も縄文式土器をもっていますけど、叩くとものすごくいい音がします。今度ぜひそれを叩いて、お経を読んでください。きっと、すごい倍音が出ると思う（笑）。

抑揚やリズムが紡ぐ「物語」の力

釈　いまいわれた原始的な音は、人間の古層まで染み込んでいると思うんです。以前、私が運営する認知症の方々のグループホームに、太鼓の実演の方々が来られまして。そのとき、病院から戻って以来、ほぼ寝たきりになっていたおじいさんが急に車椅子から立ち上って、「わーっ」と叫びながら滂沱《ぼうだ》の涙を流したんです。あれは恐ろしかった。音の力はすごいと思いました。

いとう　二〇一四年に公開された『パーソナルソング』というアメリカ映画も、認知症の高齢者に昔好きだった曲を聴かせると、たちまち回復するというストーリーです。それを見ると、音楽、あるいは抑揚をもつ言葉が人間にとっていかに大切かを感じざるを得ない。

ところが、日本の古い音を知りたいと思っても、江戸時代のものすら残っていません。以前、山東京伝《さんとうきょうでん》の『通言総籬《つうげんそうまがき》』という洒落本を現代語訳したんですが、そこに「刷毛先《はけさき》の間から覗いてみろ、安房房総が浮絵のように見えるわ」という花川戸助六《はなかわどすけろく》のせりふがあるんです。刷毛先とはもとどりの先端のことで、そこから安房房総が見えるというのは、俺はそれだけでっかいぞという啖呵《たんか》で

釈　すよね。でも、本物の歌舞伎では、「刷毛先のええだから　のぜえてみろ」といっている。江戸弁ですから、音からいうとこっちのほうが正しいんです。
　そういう音便化された言葉や抑揚、七五調、リズムといったものがもつ力を見直さなきゃいけないですね。仏教のお説教も、古いものには節が付いていました。

いとう　節談説教ですね。

釈　はい。節談説教は浄土真宗の説教法で、そのとき伝えたいテーマに沿った物語を独特の節や抑揚をつけて語ります。小沢昭一さんが全国を回って音源を残していますけど、印象深いのは、そこに出てくるお年寄りが皆一様に「死ぬのは怖くない」というんです。その人たちは、仏教を正式に勉強したわけでもない。でも、節談説教の語りを聞くうちに仏教の教えが身体化して、生き死にの問題にも決着がつくのかもしれません。
　語りの力に心を震わせることは、人間にとってすごく大事じゃないか。そう思って、平安時代に極楽往生した人たちの伝記を編纂した『往生伝《おうじょうでん》』を読み直してみたんですけど。

いとう　ええ。

釈　改めて読むと、「たとえ信心がなくても、息を引き取ったら確かに往生できそうだ」と思えるほど物語の力が強い。当時の人たちが互いにしゃべり合った話を収集したもので、生で聞いたら相当な迫力だったと思います。そこで現代のわれわれをふり返ると、情報を消費する能力はあっても、「物語る力」や「物語に身を委ねる力」は衰えているように思えるんです。

では、消費される情報と物語の違いは何かというと、私、いとうさんが『想像ラジオ』について、「この小説を読んだら、以後、死者の声を避けては通れない。それが聴こえざるを得なくなるように書きたい」といわれているのを読んで、なるほどと思ったんです。この「これを知ったら、もう後戻りできない」という感覚こそ、まさに物語ではないかと。

語ることはユーモラスである

いとう　『想像ラジオ』は最初から主人公の一人語りが続きますが、途中に「実はこれは想像上のラジオで、あなたの脳に直接語りかけているんですよ」と書いてあるんです。そのときすでに、読者の耳の中には自分だけの音が立ち上がってしまっている。それは黙読の作用でもありますけど、それをあえて「あなたは一ページ目から聴こえていたし、この後も聴こえてしまいますよね」と引っかけているわけです。ちょっと詐欺師みたいな態度で書いているんです。

釈 それは、いわば「消費させない」というメッセージですよね。

いとう そう、あなたのことにしちゃうよと。物語の力を届かせようと思ったら、語る側もテクニックを身につけないといけない。そういう方法は、おそらくこれまで世界中の人たちが考えてきたと思います。中でもいちばん考えてきたのが、先ほどいわれた説法ですよね。あとは啖呵《たんか》売りの詐欺師たち（笑）。そういう技術はもちろん古典芸能にもあるし、僕ら小説家も何らかの形で役に立てる気がします。

釈 いとうさんなら、ラップをはじめとした現代の音楽や演劇とつなげて、これまでにない物語を生み出すこともできるでしょうね。
じつは私、いとうさんの小説に笑いがないことが意外だったんです。でも、最近は笑いを入れるようになったといわれていて。笑いにはシリアスな方向に凝縮しがちな宗教をうまく脱臼させ、拡散させてくれる力があります。いとうさんも、小説が宗教的な核心へ迫るほど、笑いを意識するようになったんでしょうか。

いとう 語りの詐欺師としては、その小説が読む人にどう作用するかを考えるわけです。僕は東日本大震災前の一六年間、小説が書けなかった。その間に得た確信は、語ることはその出来事を上から見ることで、それ自体、ユーモラスな態度だということです。笑わせることで、読む人の心の立ち位置も変えられる。そういうメディアとして、小説にはまだやれることがある気がします。

釈　それは説法も同じでしょう。一人だとシリアスになってしまうけど、二人ならバランスが取れる。やりませんか、一緒に説法ツアーを（笑）。ボケとツッコミで。ぜひお願い致します（笑）。

1
色即是空

「依存先」が多いほど、
人は自立できる。

東京大学先端科学技術研究センター准教授
熊谷晋一郎

くまがや・しんいちろう―1977年山口県生まれ。新生児仮死の後遺症で脳性まひになり、以後車いす生活を送る。東京大学医学部卒業後、小児科医として千葉西病院小児科、埼玉医科大学小児心臓科などに勤務。東京大学大学院医学系研究科博士課程での研究生活後、東京大学先端科学技術研究センター特任講師。2014年同大学院工学系研究科先端学際工学専攻博士号取得、15年より現職。14年『リハビリの夜』で新潮ドキュメント賞受賞。他の主著に『つながりの作法』(綾屋紗月との共著)、『ひとりで苦しまないための「痛みの哲学」』『小児科の先生が車椅子だったら』など。

距離を保つために「言葉」が必要だ

釈　熊谷先生には、ずっとお目にかかりたかったんです。ご著書を拝読して、この方はきっと何を話しても面白いに違いないと思いまして。男女の話でも、音楽の話でも。

熊谷　そうおっしゃられると、ハードルが上がります（笑）。

釈　先生は生まれたときから脳性まひによる障害をおもちで、高校生までご両親に介助されて暮らしてこられたそうですね。でも、一八歳で実家を離れ、一人暮らしを始めた。

熊谷　はい、そうです。

釈　まさにその初日、排泄の欲求に突き動かされて一人でトイレに行く場面をご著書で拝読して、感銘を受けまして。まず腹ばいでトイレへ向かう。床から便器を見上げて、その形をじっくり観察する。次に便器に手をかけ、「冷たいなあ」「ぐらつくなあ」と感じる。その間、自分の体のどこが動いて、どこが動かないかを事細かに観察している。その観察力と描写力が素晴らしい。
　私は浄土真宗の僧侶ですが、これまでに何度も座禅をしたことがあるんです。

座禅をすると、体のあちこちが痛み、じっとしていようと思えば思うほど動きたいという衝動にかられたりします。そうやって自分の体と向き合い、欲動を確認するような作業を経験していると、余計に熊谷さんの表現力に感心しまして。ご自身の体とつき合う上では、あんなふうに体の各部を意識したり、言葉にしたりするプロセスが必要なんでしょうか。

熊谷 そうですね。おそらく自分の生活の中で言葉が最も必要なのは、介助者に自分の体の扱い方を説明するときだと思うんです。私の場合、トイレ、お風呂、着替えなど、さまざまな場面で人に関わってもらわないとならない。そこでは、言葉がとても重要です。

私がそのことを強く意識するのは、一〇代の半ばまで母親だけに介助されていたからです。それはもう、これ以上ないほどの快適さだった。「阿《あ》」といえば「吽《うん》」、言葉の介在する余地はない。でも一方、そういう関係の怖さたるや、といいますか。子どものころから「母親が死んだら、自分も死ぬな」という直感がありました。

釈 子どもは皆、親が死んだら自分は生きていけるのかという恐怖感を抱えているものですけど、先生の場合、その感覚がさらにリアルだったわけですね。

熊谷 母とはおしめを替えてもらっていた赤ん坊のころから、どこからが自分の体で、どこからが相手の体かわからないほど密着していましたから。そこまで依存先が一カ所に集中してしまうと、人の生きる力は明らかに奪われます。

ですから、いま介助をお願いしている不特定多数の介助者の中にも、「お気に入り」をつくらないよう気をつけています。親と同じ快適さを追求してしまうと、特定の上手な人と危うい二者関係になりかねない。自分の体の扱い方をあえて言葉で伝えるのも、一つはそれが理由です。言葉を介在させることで、相手との距離が保てますので。

当事者研究は「爆発」から始まった

釈　自分の状態を言葉にする作業は、先生が取り組まれている「当事者研究」でも重要じゃないですか。これは、当事者が自分のことを研究する大変ユニークな試みで。

熊谷　おっしゃるとおりです。当事者研究は、障害や病気をもった本人が仲間の力を借りながら、自分の症状や生活上の「困りごと」について研究する実践です。それはまず、自分にとって自明である習慣や体験を言葉にするところから始まる。そうすることで、自分の人格と密着し過ぎている体験を、いったん自分自身から切り離して眺められるわけです。その後、それを仲間と共有し、解釈や対処法を考えていきます。

釈　そういう研究手法は、北海道浦河町《うらかわちょう》にある精神障害を抱えた人たちの地域活動拠点、「浦河べてるの家」で始まったんですよね。

熊谷　障害学や女性学などで先行する取り組みはありましたけど、狭い意味では「べてる」が開発した方法ですね。明示的には二〇〇一年に始まり、依存症や脳性まひ、発達障害などを抱える人たちの間に広まっていった。その始まりのときのエピソードが印象的で。

釈　ほう。

熊谷　いま「べてる」のメンバーになっている河崎寛さんという方がおられまして。かつては茶碗を投げつけたり、自宅に火をつけたり、親を殴ったり――ご本人はこういう行動を「爆発」と呼んでいますが――を繰り返していたそうです。医師からは統合失調症と診断されていましたが、本人も周囲も対処法がわからずに苦しんでいた。さまざまな医療機関を回って最後に「べてる」に来たんですが、いまの理事で、当時のソーシャルワーカーだった向谷地生良《むかいやちいくよし》さんも途方に暮れて。ところが、ぽつりぽつりと会話を交わす中で、特に何のビジョンもなく、「じゃ、あなたの『爆発』でも研究してみるか」といったら、河崎さん

釈　の目がパッと輝いて、「やりたい！」と。
　それが発端ですか。向谷地さんとは対談をさせていただいたことがありますが、いまいわれたようなさまざまな「困りごと」に名前を付けることに長けた方ですよね。統合失調症で現れる幻聴を、「幻聴さん」と呼んだり。そういう名付けによって視点が変わり、救われる人は多いと思います。

「それは妄想だね」といわれて笑えるか

熊谷　「べてる」でオリジナリティあふれる語彙が生まれた背景には、普段私たちが使っている言葉の問題もあると思うんです。
　私は大学でバリアフリーをテーマにした研究部門に所属していますが、バリアフリーというと、普通は駅にエレベーターを付けるとか、公共交通機関を車いすの人でも使いやすいデザインに変えるとか、そういうことをイメージしますよね。いまの社会では大半のものが、いわゆる「健常者」の体に合わせてつくられている。言い換えると、もののデザインが多数決で決まっている。まさにそのために、私たちのように平均的な体からずれた体の持ち主は、「障害」を体験するわけです。

釈　なるほど。

熊谷　そうしたデザインの中には、実は言語も含まれます。私たちの日常語は、「健常者」の世界の見え方や行動パターンにカスタマイズされている。その意味で、駅のデザインと変わりません。そのために、少数派の苦悩や経験を表現し切れないという問題がある。それが「べてる」のような現場で、新しい言葉が生まれる素地になったと思います。

釈　私も二〇一四年に大阪で開かれた「べてる」の集まりに参加させていただいたんですけど、精神障害をもった人たちが、自分の失敗談を持ちネタ的に面白おかしく話すんですよね。聞いている観客が、笑っていいものかどうか固まっていて（笑）。ああいう語りを笑えるムードを、「べてる」は育んできたんだと思いました。

熊谷　そうですね、笑いは相対化のサインだと思うんです。「べてる」の実践の中で、多くの人にとって発見だったことがありまして。ここに統合失調症のAさんとBさんがいた場合、Aさんは自分の妄想の中身は現実だと信じているけど、Bさんの妄想が妄想だということはわかるというんです。だから、その場にいる全員が妄想をもっていたとしても、「あの人のあれは妄想だ」「この人のこれは幻聴さんだ」というふうに、集団レベルでは現実が構築される。「個人の妄想」

と「集団の現実」でできたその二階建て構造を一人一人が改めて内面化したとき、自分を相対化する目が生まれるわけです。

釈 苦しんでいる自分は変わらないけど、そういう自分を第三者の目で俯瞰《ふかん》できるようになる。

熊谷 はい。笑いは、その二階建て構造が内面化されたサインだろうと。他人の妄想の内容にはまったく同意できないけど、妄想の渦中にある感情は、自分も経験があるから共感できる。これは恋愛にも似ていますよね。友人が誰かに恋い焦がれている。自分はその誰かをまったく魅力的と思わないけど、恋い焦がれる気持ち自体はわかる。そうした共感からはつながりも生まれます。

私はこれ、知性だと思うんです。私たちは誰しも何らかの妄想に捉われていますけど、それを自分で相対化できる人は少ない。「妄想だね」といわれて笑える人は、当事者研究に向いているかもしれません（笑）。

苦しみを抱えながら、生きやすくなる

釈 ところで、熊谷先生がいまいちばん関心をもっておられることは何ですか。

熊谷 「体の痛み」ですね。

釈　痛みですか、ははあ。

熊谷　私の障害は進行しません。でも、体は確実に老化する。そのプロセスが若干、「健常者」とは異なるわけです。三〇歳前後からそれまでできていたことが急速にできなくなったり、体のあちこちが痛んだりするようになった。生活していく中で現れるこうした不調を二次障害と呼びますが、自分の場合は、とりわけ首と左手の痛みが重い問題になりました。

ところが、病院でいくら調べても異常が見つからない。さまざまな研究者や当事者のお話を聞いてわかったのは、体に異常がなくても生じる痛みがあるということです。

釈　そういう痛みは、障害のない人にも起こりますよね。理由がわからないために、より痛むということもあるんじゃないですか。

熊谷　そうなんです。私自身、痛みに関する知識が増えるにつれ、以前より痛みが気にならなくなりました。どうも痛みを「消したい」という思いは、痛みを強めるらしい。そのために薬の量が増えたり、怒りが増したり、孤独感が渦巻いたりする。

一方、「知りたい」という態度は痛みを緩和します。消えるわけではないけれど、知識を得ることで自分の人生に対するインパクトが弱まるといいますか。

「消したい」「治りたい」から「知りたい」へ態度変更することで、問題そのものは何ら解決していないのに生きやすくなるという体験をしました。これはもちろん、当事者研究とも通じ合うわけです。痛みを発端に私が得た知識が、他者との対話を通して信頼を付与された知識であることも含めて。

釈　それは、宗教も似たような構造になっています。

熊谷　そうですか。

釈　宗教には、人間が生きていく上で避けることのできない苦悩をいかに引き受けていくかについての、人類の智慧の結晶という面があります。「神」も「来世」もそれぞれの宗教が編み上げてきた壮大な物語で、その物語に身も心も委ねることができたとき、人は救われる。そういう構造になっていますので。

熊谷　なるほど。

依存症の本質は「依存できない病」

釈　いまいったような救いの境地へ至る歩みも、最初は「知りたい」という思いから始まります。自分はなぜ生まれてきたのか、なぜ生きていくのか、なぜこんなに苦しまなければならないのか。ところが、どれだけ学び、考えても、「知りたい」という態度からは決して見えない領域がある。宗教の場合、そこでわが身を丸ごと物語に委ねる、つまり、「信じる」へのジャンプが必要になります。それによって自分の立ち位置がずれ、問題の見え方が変わって楽になる。あるいは、その問題を抱えたまま生きていけるようになる。いま熊谷先生がいわれたように。

熊谷 ああ、そうですね。

釈 宗教の中でも、キリスト教は、「知る」と「信じる」が相反するところがあります。知性で解決するなら問題はない、知性では解決しないからこそ信じるんだという理路ですね。一方、仏教では、「知」と「信」の間の境界は曖昧です。インドの言語で「信」に当たる言葉に「シュラッダー」や「アディムクティ」がありますが、どちらも丁寧に訳すと「身も心も納得している」という意味になるんです。「アディムクティ」は「信知」などとも訳されます。

熊谷 興味深いですね。「知る」から「信じる」へのジャンプは、私自身も大きなテーマだと思っています。

依存症の当事者の方たちと共同研究をしているんですが、メンバーには子どものころ虐待を受けたりして、熾烈《しれつ》な人間関係をサバイブしてきた人が多いんです。普段われわれは無根拠に人を信頼して、愚痴を吐いたり、支え合ったりしていますが、この人たちは人への信を根こそぎ奪われているために、他人に自分をさらけ出したり、頼ったりすることが難しい。それでどうなるかというと、限られたごく一部の物質、あるいは非常に限られた「誰か」に、「この人だけは信頼できる」という幻想を抱いて依存するしかなくなるんです。そういう生存戦略を取っている状態を「依存症」と呼ぶ。ですから、依存症とは「依存できない病」ともいえるわけです。

釈 はは あ、そういうことか。

熊谷 依存先が少ないという意味で、依存症者と障害者は似ています。前者は、人間への信頼が奪われているために依存先を失っている。後者は人間への信頼はあるかもしれないけれど、体のデザインが社会となじまないために依存先を失っている。

「自立」とは複数の依存ルートをもつこと

釈 熊谷先生は、東日本大震災が起きたとき、ご自分が依存できるものの少なさに愕然とされたそうですね。

熊谷 エレベーターが止まり、私は五階の研究室から逃げ遅れました。そのとき、他の人たちは階段やはしごが使えるのに、自分にはエレベーターという、たった一つの選択肢しかないことに気づいたんです。

先ほどのバリアフリーのお話にもありましたが、まさにここに「障害」の根本があります。誰でも生まれてすぐは親にしか依存できません。でも、「健常」な子どもは、その後、友だち、先生、乗り物、言語など、さまざまなものに依存先を広げていける。これが自立と呼ばれるプロセスですよね。彼らは複数のルートをもっているから、一本一本の依存先が断ち切られてもそれほど痛くない。一方、「障害者」はいつまでも、親を中心としたごく限られたものにしか依存できません。

釈　ですから、自立とは「自分は何にも依存していないと感じられるほど、多くのものに依存している状態」ともいえます。実際、完璧に自立しているかに見える人はそう見せかけるのがうまい人であって、水面下では膨大なものに依存しているということは、これまでの私の観察からも明らかです（笑）。

一方で、最近は「健常者」の中にも依存できない人が増えていますよね。グループホームで認知症の方々に接していると、ある世代から上には、他人に身を委ねるのが上手な人が多いんです。おむつを替えるときも、「はい、どうぞ」とこだわりがない。家族が訪ねてくると、「うわー」っと喜んで抱き合ったりするけど、帰るときは「あ、そう。バイバイ」といって、もう別のことに気を取られていたり（笑）。私は「お世話され上手」と呼んでいますけど、こういう人が一人いると、家の雰囲気がすごくよくなります。

熊谷　わかります。こだわりのなさは大事ですよね。

釈　ところが、ある世代から下になると、急に他人の世話になったり、迷惑を掛けたりするのが下手になる。これは、一つは社会構造に原因があると思うんです。

かつては地域コミュニティの中の人間関係が濃厚でした。私は田舎のお寺で育ったので、そのわずらわしさもよく知っていて。でも、そういう環境で育った人は、子どものころから互いに迷惑を掛けたり、掛けられたりする訓練ができている。ところが、都市化が進んでコミュニティが解体され、そういう場も機会も減りました。そのために「迷惑を掛けるスキル」も低下してきた。都会では、田舎のように地縁血縁がなくても、一人の人間としてフェアに扱ってもらえます。都市の大原則は「人に迷惑を掛けない限り、何をしてもいい」ですから。

熊谷　一種の無関心さですよね。

釈　でも、人は、人に迷惑を掛けずに生きていくことはできません。生きていればどこかで必ず、自分のスキルの低さを露呈することになる。だから、「人に迷惑を掛けない」という価値観は美徳であると同時に、現代人の傲慢の表れでもあると思うんです。むしろ、いかに上手に他人に迷惑を掛けるか、あるいはいまいわれたように、いかに依存先を増やしていけるかが、現代人にとって重要なテーマだと思います。

熊谷　おっしゃるとおりだと思います。

最適ゾーンを目指して永遠に調整する

釈　もう一つ、これも都市化の影響かもしれませんけれど、われわれの社会はあるときから、「節度ある弱者」を求めるようになった気がします。「一定の支援をするから、それ以上は要求しないでね」というバリアを張り始めたような。

熊谷　そういう感じは確かにありますね。一つは、制度化が非常に進んだ。私が一八歳で一人暮らしを始めたころは、コミュニティに丸投げというか、こちらが「助けて」というのに対して偶然関わった人たちが支えてくれるような状況でした。

でも、いまは黙っていてもヘルパーさんが派遣されてくる。そこでは、面倒な人付き合いのコストもいらない。一方、決まった範囲でしか支援を受けられない不自由さがあります。システム化されたことで助かる半面、支援の名のもとに囲い込まれ、かつては近所づきあいの中で自然に養われていた他者への想像力が奪われていく感覚も。じつはそういうことが、この社会全体に漂う人への不信感につながっている面もあると思います。

釈　そういう制度をいますぐ変えたいといっても、なかなか共感されにくいですよね。一方で、最近は「弱者」と呼ばれる人たちをあたかも制度に守られた特権階級であるかのように見なして、羨望や憎悪の対象にするような裏返し現象も起きています。

制度化も、一時はすごくいいゾーンに入っていたと思うんですよ。でも、どんなに正しい意志で始まっても、人間のやることはどこかで行き過ぎてしまう。支援のようなものは、最適ゾーンを目指して永遠に調整を図り続ける、あくなき営みといえるかもしれませんね。

熊谷　そうですね。支援の最終目標は、本人がハッピーになること。その意味で、やはり当事者研究のような取り組みは大切だと思います。これが「当事者運動」でなく、「研究」であることにも深い意味があって。運動の目標は「変える」ことですが、それだけを優先すると、かえって変わらない。その前に一度、「知る」「信じる」のエリアに身を置いてみる。そこから改めて「変える」を目指し、現実世界に向かっていくような循環が大事だと思っています。

2 輪廻転生

この世界に
あふれる「問題」は、
互いにつながって
いるのです。

ジャーナリスト
国谷裕子

くにや・ひろこ―大阪府生まれ。米国ブラウン大学卒業。NHK総合『7時のニュース』英語放送の翻訳、アナウンスを担当。87年からNHK・BS『ワールドニュース』『世界を読む』などのキャスターに。93年～2016年まで23年間にわたり、NHK総合『クローズアップ現代』のキャスターを務める。98年放送ウーマン賞'97、02年菊池寛賞（国谷裕子と『クローズアップ現代』制作スタッフ）、11年日本記者クラブ賞、16年ギャラクシー賞特別賞受賞。東京藝術大学理事。著書に『キャスターという仕事』、監修に『国谷裕子と考えるSDGsがわかる本』など。

「情報の伝播」が世界を変えてきた

釈 国谷さんとは、NHKの『クローズアップ現代』が最初のご縁ですね。また、二〇一七年に東京の築地本願寺で開かれた「次世代リーダーズサミット 仏教×SDGs」というシンポジウムでもご一緒させていただきました。そのときのディスカッションの司会の見事さに、思わずうっとりしまして。

国谷 いえいえ(笑)。

釈 フリーのキャスターとして長年ご活躍され、『クローズアップ現代』では、一九九三年から二〇一六年まで、二三年間もメインキャスターを務められました。東西ドイツの統一、ソ連の崩壊、アメリカの同時多発テロ、あるいは昭和から平成への移り変わりなど、国内外の転換期に立ち合ってこられた。それは、いわば世界を定点観測されたようなものだと思うんです。

国谷 ゲストの方にもそういわれたことがあります。毎日ほぼ同じ時間に、カメラの前に座っていましたので。

釈 その年月をふり返って、とりわけ「ここが大きく変化した」と思われることは何でしょうか。

国谷　例えば、東西冷戦が終結したときは、これから誰が世界を引っ張るのかという議論を盛んにした記憶があるんです。そこには、これでイデオロギーの対立が終わり、核の脅威も減って、今後は世界全体が国連中心主義でやっていくという希望のようなものがあった。ところが、実際はたちまちアメリカ一強になり、そのゆがみが世界貿易センターへの攻撃をはじめとした同時多発テロ、さらにイラク戦争という形で噴出しました。中東の不安定化も進み、「冷戦時代のほうがよかったんじゃないか」という声まで出たほど。

釈　冷戦時代には、少なくともある種の均衡がありましたからね。当時の対立は「国対国」の構図でしたけど、いまは違いますよね。

国谷　世界的にも、またそれぞれの国の中でも、分断が進み、新しい問題が生まれています。

以前、世界銀行総裁をされていたジム・ヨン・キムさんとお話しする機会がありました。世界銀行は「極度の貧困をなくす」という大きな目標を立てていたんですけど、そのときキムさんはスマホを取り出してこういわれたんです。「このスマホを、いまはアフリカの若者も見ています。この手元の機器から、自分たちの知らない外の世界が見える。そこで人々が享受しているものを手にする機会が自分たちには与えられないと知ったとき、果たしてどんな混乱が起きるか、私はとても心配しています」

つまり、スマホの中に広がる世界に対して自己実現できない人々をこのまま放っておけば、二〇〇〇年代以降のデジタル革命が「アラブの春」を招いたように、不安と不満が爆発して「アフリカの春」が起きるかもしれないと。

釈　それはよくわかる気がします。世界中の情報に触れられるということは、人に目標や希望を与える。その半面、圧倒的な格差を見せつけられることによって、憎悪を生み出す可能性もありますよね。

例えばイスラム諸国も、一時期はトルコやエジプトのようにキリスト教型の近代社会を目指していました。でも、結局、リバウンドを起こしている。いろいろな方にお話を伺うと、その背後にあるのは「プライドの格差」だというんです。キリスト教型の先進国を目指す限り、自分たちはどこまでいっても一段下に見られることになる。だから、自分たちは自分たちで別の近代化を目指すんだと。

国谷　それも、世界の事情が見えるようになって起きたことですね。冷戦時代も、東側諸国では情報が遮断されていましたけど、テレビの電波などが「壁」を越えるようになり、情報がコントロールできなくなる中で「壁」が破られた。こうした情報の伝播は、いま世界中で拡大しています。ですから、私がキャスターになってから大きく変わったことは、「情報の伝播力」といえるかもしれません。

「SDGs」は問題をつなげる物差し

釈　築地本願寺で取り上げた「SDGs」は、二〇三〇年までに世界が達成すべき開発目標として、二〇一五年九月に国連が全会一致で採択したものですね。貧困、環境、人権、教育、経済など一七分野の目標と、細かな一六九のターゲットからできていて、いまの社会を考える上で重要な指針になっている。内容は、現代世界の問題を網羅するといいますか。

国谷　はい、そう思います。

釈　国谷さんはSDGsの普及に大変積極的に取り組んでおられますけど、そこに至るきっかけは何だったんですか。

国谷　SDGsについては、誕生までの三年余り、世界中で侃々諤々《かんかんがくがく》の議論が交わされていたそうなんです。でも、恥ずかしいことに、私は一五年九月に『クローズアップ現代』で国連創設七〇周年のシリーズを組むまで、それをぜんぜん知らなくて。そこで初めて専門家にレクチャーを受け、なるほど、これは環境、経済、社会など、いま人類が抱える問題を統合的に解決するための新しいルールだと気づいたんです。

その後、採択の現場を取材し、国連事務総長特別顧問だったアミーナ・モハメッドさん（現・副事務総長）にお話を伺いました。モハメッドさんはナイジェリアのチャド湖のそばで育ったそうですが、子どものころは海のように広いと思っていた湖が、主に気候変動の影響でまるで水たまりのようになってしまった、と。そのため、そこで農業や漁業をしていた人たちが暮らせなくなり、住み慣れた土地から都市へと移動した。しかし、仕事はなく、若者たちは未来への希望を持てず、ボコ・ハラムというテロ組織に勧誘されていく。「環境の問題が経済や社会の問題に連鎖して、悪循環が起きていることを何とかしたい」と彼女は語ってくれました。じつは、SDGsに惹かれたのは、私自身の反省ともつながっています。

釈　といいますと？

国谷　『クローズアップ現代』の中で、私たちはしばしば、一つの問題に対して一つの解決策を示してきました。でも、数年後にその問題を改めてとりあげてみると、解決策と思われたことからさらに深刻な問題が生まれていることが少なくない。例えば、自治体はできるだけムダを切り捨て、非効率性をなくすべきだとの趣旨の番組を放送しましたが、その後、経費節減を理由に公共サービスの現場で外部委託が拡大して非正規労働者が増え、その人たちが貧困化して、地域全体が停滞してしまうという事態が起きました。そうした結果を見て、自治体のムダを指摘した番組で、もっと統合的なまなざしで問題をとりあげるべきではなかったかと反省するようなことが起きていました。

釈　なるほど。

国谷　それに対して、ＳＤＧｓは一七の目標と一六九ものターゲットを掲げ、この世界の問題が互いにつながり合っていること、問題解決は統合的に行われなければならないことを示しています。そして、目標は世界共通ですが、達成へのプロセスはルール化せず自由にしています。

釈　大きな目標だけがあって、取り組み方は各自に委ねられているんですよね。私もそこがいいと思います。特によくできていると思うのは、クリスチャンはクリスチャンの、仏教徒は仏教徒の、というふうに自分の宗教活動を通じて目標につながれるところ。これまで公共的な活動には宗教や信仰をもち込まないのが、いわば〝近代国家の図式〟でしたけど、自分の信仰や思想を脇へ置かずに活動できるところが優れていると思います。

そもそも、われわれが責任をもてる範囲って限られていますよね。環境への取り組みでも消費活動でも、自分の身の丈に合ったことしかできない。消費を

国谷 エシカルなものに変えていこうとしている人に、「核兵器の問題はどうすんねん」と詰め寄っても（笑）。

釈 いわれた人は困りますよね（笑）。

国谷 でも、SDGsでは、自分は食料の問題を考えようとか、衛生をテーマに動こうとか、個人のささやかな取り組みが世界や人類につながっていく。誇りややりがいももちやすいと思います。

他人への小さな思いやり、自分の行動が誰かに害を与えていないかという配慮。根本にあるのは、昔の日本人が自然にやっていたようなことかもしれませんね。

人間の「過剰さ」にどう向き合うか

国谷 じつは私、築地本願寺のシンポジウムで仏教とSDGsの重なりを知って驚いたんです。特に釈さんが、「人間にとって、生きることは自分の中の過剰性との戦いです。その過剰さをどうコントロールするかで、人は幸せにも不幸にもなる。人間の幸福を考えるために、これからはフェアとシェアに目を向けないといけません」といわれたのが深く記憶に残っています。

釈　仏教は、人間が生きる上で避けることのできない苦しみをどう引き受けていくかの道筋ですので。その苦しみの根源には、人間のもつ過剰な領域があると説いてきました。

国谷　これまで私たちは、「過剰に求める心」にまるで追い立てられるように大量生産、大量消費、大量廃棄を繰り返しながら経済成長してきました。ＳＤＧｓは、その流れを一度立ち止まって見つめ直そうというものです。だから、実践には痛みが伴う。コンビニなら、いつも棚にお弁当がぎっしり詰まっていたほうが、消費者は便利だし、生産者も売り上げは増える。でも、ＳＤＧｓは、たとえ売り上げが減っても、「売れ残るものはつくらない」という態度を企業やメーカーに求めています。消費者も、夜中に棚がガラガラになるコンビニを選ぶかどうか。それは、自分たちの過剰さにどう向き合うかという問い掛けでもあります。

釈　そうですね。いまは、そういう問いの必要性を多くの人が感じていると思います。それは、このまま人間の欲望を「ニーズ」と呼び換えて、どこまでもビジネスチャンスを生み出し続けていくと、人類より先に地球がもたなくなることに気づいたからですよね。

国谷　実際、温暖化をはじめ、私たちの経済活動が環境に与える影響は深刻です。さらに、経済成長のために放置してきた格差の拡大が社会の不安定化をもたら

釈　すことにも、多くの人が気づき始めています。それに対して、SDGsの合言葉は「誰も置き去りにしない」。

　胸にグッとくる言葉です。ちょっと話がそれますけど、兵庫県尼崎市のコミュニティラジオ局が、毎週水曜の夜八時に『8時だヨ！　神さま仏さま』という番組を放送していまして。仏教の僧侶、神道の宮司、キリスト教の牧師の三人がパーソナリティーを務めていて、一応、私が最高顧問なんです。その三人が「今度うちの息子が結婚するんだけど、相手の家が違う宗教でどうしたらいいか」といった悩みに必死で答える（笑）。ゲストもムスリム、政治家、落語家、町の商店街のおっちゃんと、すごく多彩で。世界中で聞ける小さな番組なんです。

国谷　面白い！　それは知りませんでした。

釈　そのパーソナリティーの僧侶の方が、いまいわれたSDGsの合言葉に大変感銘を受けて、番組の忘年会でものすごく熱く語っておられました。

国谷　うれしいですね。

釈　われわれは豊かな生活をすればするほど、ある種の後ろめたさを感じますよね。安い製品を買うと、これをつくるために裏で誰かが苦しんでいるんじゃないかと気になり、物を大量に買って大量に捨てることに忸怩《じくじ》たる思いを抱く。

だからこそ、この言葉が心に響くんだと思います。そういう思いをもち続けることは大事だと思います。

最大の変化は「人がコストに変わった」こと

国谷　「誰も置き去りにしない」という言葉には、私自身も特別な思いがあるんです。『クローズアップ現代』が始まった一九九三年は、それまで高騰していた地価が初めて二年連続で下落し、バブル崩壊の痛みが顕著に見えてきた年でした。ですから、番組が始まったときから、設備のリストラ、資産のリストラ、人のリストラ……いったい私はどれだけ「リストラ」を伝えたか。秋には日産の主力工場だった座間工場が閉鎖し、輸出競争力の低下も始まりました。

そして、二〇〇〇年代は就職氷河期です。この時期に社会に出た若者のなかには正社員として就職できず、派遣で短期間の仕事を綱渡りして、技能アップのチャンスも金銭的な蓄えもない人がかなりいます。たとえホームレスになってしまっても、それを自分のせいだと思って、「助けて」と言わない。自己責任ではなく、構造的な問題なのに。

釈　ほんとですねえ。

国谷　かつて一部の業種に限られていた派遣労働は、小泉改革で製造業にまで広がりました。それをマーケットが求めている、早くムダを捨てて企業を再生しなければ、株価が下がって市場から拒否される。私たちも時流に乗るかのように、そういう趣旨の番組を放送しました。そうしてリーマンショックが起きた二〇〇八年暮れ、日比谷公園に「年越し派遣村」ができた。あの光景を見て初めて、そうか、派遣労働の拡大とは、まっとうに働く人々が派遣切りされたとき、いきなり住む場所すら失ってしまう状況に陥ることだと気づいたんです。それはつまり、多くの人を「置き去りにしてきた」ということです。
　ですから、釈さんの最初のご質問にもう一度戻ると、『クローズアップ現代』の二三年間で最も大きな変化は、「人がコストに変わった」ことかもしれません。人は一人一人が大事な社会のメンバーなのに、コストのために簡単に雇ったり、切ったりされるようになった。それに対して自分たちは、規制緩和が不安定な働き方を急増させたこと、セーフティネットが十分に整備されていないことを、きちんと伝えてきたかどうか。そういう反省があります。その意味で、「誰も置き去りにしない」は私の中でもすごく響く言葉なんです。

釈　心を打たれるお話です。

国谷　こうした雇用の問題も、ＳＤＧｓなら「二〇三〇年にはこんな世界であってほしい」という目標から逆算できますよね。以前は目の前の問題から未来へ向けて解決策を考えていたけれど、「子どもや孫にこんな社会を残してあげたい」という未来を起点に、いまやるべきことを発想できる。利害を超えて連携しやすいと思います。

「女性の問題」に目を向けること

釈 先ほど出た国連のアミーナ・モハメッドさんは、国谷さんのインタビューに対して、「気候変動のような問題が生活の担い手である女性や少女を苦しめている」と指摘されていますよね。それを読んで、われわれは改めて女性の問題を考えないといけないと思ったんです。日本は世界の中でも、特に女性の地位が低いと評価されていますけど。

国谷 女性の問題について話し始めると、止まらなくなるかも（笑）。これも反省ですけど、『クローズアップ現代』の現場は男性中心で、女性が関心をもつテーマを取り上げることは少なかったんです。そんな中、私は二〇一〇年に東京で開かれた国際女性会議に参加させていただいて、世界には、女性が活躍する企業のほうが「競争力がある」「イノベーションが生まれやすい」「男女とも働きやすい」といった話題があふれていることを知りました。ところが、その同じ年、世界経済フォーラムが発表したジェンダー・ギャップ指数（社会進出における男女格差を示す指標）で日本は九四位、一七年はさらに下がって一一四位（二二年には、さらに下がって一一六位となっている）。

釈　低いですよね。中国やインドより低いことに驚きます。

国谷　女性活躍推進法ができても、女性の活躍はなかなか進んでいかない。日本では、九〇年代半ばに片働き世帯を共働き世帯が上回りました。二人で働かないと暮らせなくなったこともありますけど。その結果、「ワンオペ育児」といわれるように、仕事、家事、育児全てを女性が担うケースが増えている。一方で、女性の正規雇用はこの二〇年間で六割から四割に減っている。働くことを期待されつつ、働き方はより不安定になっているわけです。

釈　どんどん過酷な状況に……。

国谷　以前、フェイスブックのＣＯＯ（当時）であるシェリル・サンドバーグさんにインタビューしたとき、アメリカでもこの一〇年以上、企業における女性の役員比率が一八パーセントで頭打ちになっていると話していました。「自分の世代はガラスの天井を打ち破れると思ってきたけど、自分たちの娘世代は母親が仕事と家事の両立で苦労するのを見て、最初からその方向を目指さなくなるのではないか」と心配されていたんです。

このままだと、日本もそうなる。特に日本は性別による役割分担意識が強く、女性たちは働きながら家事や育児をきちんとこなせない自分に罪悪感をもっています。この悪循環を断ち切るには、男性の長時間労働をなくして、二人で家事も育児もできるようにしていかなければ。そうすれば、次の世代の子どもたちも、それを当たり前と思って育ちますから……すみません、やはり話が長くなってしまいそうです（笑）。

釈　いえいえ、これはぜひ多くの方に考えていただきたい問題です。

「ムーンショット」を語り続けよう

国谷　ＳＤＧｓの一七の目標の中で、五番目に掲げられているのが「ジェンダー平等」です。日本はここが特に遅れているわけですけど、実はこの分野に重点的に力を入れると、他の問題がドミノ倒しのように解決すると思うんです。

釈　どういうことですか。

国谷　例えば、いま日本では子どもの七人に一人が貧困といわれます。でも、女性がもっと良い労働条件と収入を手に入れれば、シングルマザーや子どもの貧困

釈　が解決に近づきます。働きがいのある労働や持続可能な地域など、ＳＤＧｓが掲げる他の目標も実現できるはずです。

国谷　なるほど、「問題が連鎖して解決する」という視点は大切ですね。ＳＤＧｓは企業にとっても、「宝の山」だといわれますよね。

釈　いまは世界中でＥＳＧ投資が広がり、投資家が環境、社会、ガバナンスに配慮する企業に投資するようになっています。小さな企業でも、環境問題を解決するアイデアがあればそこにお金が流れますし、逆に環境に悪影響を与える企業は投資を引き上げられるかもしれない。もちろん、消費者からも。

国谷　支持されない。価値観が大きく変わりつつありますね。

釈　社会全体に気づきが起きています。その中で、生活協同組合や農業協同組合、教育機関や自治体もＳＤＧｓに関心をもち始めている。築地本願寺さんも、まさにその一つですよね。ですから、企業が課題解決に寄与する商品を開発すれば、「宝の山」になり得る。今後はそういう活動を、いかに本業化できるかが鍵だと思います。

国谷　ＳＤＧｓを考える上でぜひ知っていただきたいのが、「ムーンショット」という言葉なんですよ。

釈　ムーンショットですか。

国谷　一九六一年、アメリカのケネディ大統領が「わが国は六〇年代のうちに月に人類を送る」と宣言しました。当時、アメリカにそんな技術はなかった。でも、この宣言によって国内の英知が結集、技術への投資や開発も進んで、宣言通り六九年に月面着陸が実現したんです。

SDGsは野心的な目標ばかりですけど、あえてそれを掲げることでイノベーションや新しいアクションも生まれるはずです。それにはやはり、男性だけのモノカルチャーではうまくいかない。性別、国、地域、職業、そして宗教の枠も超えた、多様な人々の連携が大事だと思います。

釈　「こういう社会にしよう」「こんな世界のほうがいいじゃないか」というムーンショットを、われわれも語っていかなければなりませんね。皆がそれを語り出すことで、夢物語も夢でなくなる。月に至る可能性は十分あると思います。

2

輪 廻 転 生

この世界にあふれる「問題」は、互いにつながっているのです。　国谷裕子

「日本語」は
人の心を
優しく開かせる
言葉です。

感性リサーチ代表取締役社長、人工知能研究者

黒川伊保子

くろかわ・いほこ—1959年長野県生まれ。83年奈良女子大学理学部物理学科卒。富士通ソーシアルサイエンスラボラトリにて14年間、人工知能の研究開発に従事。コンサルタント会社、民間の研究所を経て、2003年感性リサーチ設立。04年脳機能論と人工知能の集大成による語感分析法「サブリミナル・インプレッション導出法」を発表、感性分析の第一人者となる。人工知能研究者、脳科学コメンテーター、感性アナリスト、随筆家として活躍。著書に『日本語はなぜ美しいのか』『妻のトリセツ』『ヒトは7年で脱皮する』『夫のトリセツ』など。近刊に『夫婦のトリセツ 決定版』。

「語感」とは発音の体感？

釈　黒川先生とは一度お目にかかっただけですけど、お話が本当に面白くて。ぜひ、ゆっくりお話ししたいと思っていたんです。脳機能論のお立場から「語感」を研究されているそうですけど、これはどういう研究なんでしょうか。

黒川　普段あまり意識されていないと思いますけど、言葉は口腔《こうくう》周辺の運動によって発声されています。私たちは、口腔の中に大きな空間をつくったり、舌の上に息を滑らせたり、ためた息を破裂させたり、唇を緩めたりすることで言葉を発している。そして、息が口から滑り出るときに爽やかさを、唇が緩んだときに優しさを感じたりしています。私は、こうした「発音体感」こそ、語感の本質だと考えていまして。

釈　語感というと、何となく「言葉のイメージ」という感じがしますけど。

黒川　言葉の意味がもつイメージといった捉え方をされる方が多いですよね。

釈　そうではなく、ある種の身体感覚だということですか。

黒川　はい。人はこの発音体感を大脳ではなく、小脳で受け取ります。小脳は無意識の領域なので、そこで受け取ったものは、言葉の意味や音のイメージより早く意識に届く。そして、人の気分や場の雰囲気をつくり出す。それこそが語感なわけです。

発音体感であるなら、物理現象としてきちんと数値化できます。言葉を発するときに息が抜けていく速度、口の周りの筋肉の堅さ、口腔の高さといったものを測ればいいですから。しかも、そこには個人差はほとんどありません。「カキクケコ」のようなKから始まる音なら、誰でものどの筋肉を固く締め、そこに息をぶつけて出す。私たちはそれらの測定データをもとに、世界初の「語感の物理効果」のデータベースをつくりました。それを使って、さまざまな言葉の分析やそれらが訴求するイメージを提示する仕事をしています。

釈　面白いですねえ。

「はい」「ええ」「そう」の違いは何か

釈　そもそも黒川先生は、どうして語感に注目されたんですか。

黒川　私はもともと、初期の人工知能のエンジニアでして。コンピューターメーカーで人とロボットの対話を研究していたんですが、人工知能が生身の人間の対話を理解するのは非常に難しいんですね。なぜなら、人間は全てを言葉で語り尽くすわけではない。私たちは対話の中でさまざまな意味を交換し合いますけど、それ以上に「情緒の文脈」ともいうべきものを紡ぎますので。

釈　例えば「好き」という気持ちを伝えるときも、「好きよ！」と明るくいうのと、「好きなんです」と静かにいうのでは、伝わるものが違いますよね。

黒川　人は、「あなたのことなんて好きじゃないもん」という否定の文脈で好意を伝えることさえあります。では、人工知能はどこまでその領域に踏み込めばいいのか。私が原子力発電所で使う「日本語対応データベース」の開発に携わっていた一九九一年に、この問題を突きつけられる出来事がありました。

釈　ほう。

黒川　そのデータベースのシステムは、「三五歳の女性」を想定してつくられていたんです。そして、技師さんたちとこんな会話を交わしていました──「一九七〇年代にアメリカで細管破損のトラブルがあったよね」「ノースキャロライナ二号機のケースですか」「それ、図面ある？」「はい」「ファックスで送ってくれる？」「はい」。

ところが、あるとき人工知能が勘違いをして、腹を立てた技師さんに「バカヤロー」と怒鳴られたんです。人工知能は「ごめんなさい」と謝る。そうしたら、技師さんが「すまない。俺もいい過ぎた」と答えたんです。使用頻度の低い「ごめんなさい」は圧縮して二次記憶領域に入っていたため、表示されるまでに二、三秒の間《ま》があった。その間が、思いがけず技師さんの心の隙を突いてしまったわけです。

釈　ははあ、そんなことがあるんですね。

黒川　人工知能がそんなふうに人の気持ちに入り込む、という事実に震撼しました。そこへ、また技師さんからクレームがきたんです。人工知能の答えが「はい」だけなのは冷たいと。確かに、生身の女性なら「はい」「ええ」「そう」などといいますよね。そこでこの三つの返事をランダムに挿入したら、前回を上回るクレームが……。

釈　そうなんですか!?

黒川　バカにされている気がすると（笑）。あるいは、「ここは『はい』でないと不安だ」「ここは『ええ』といわれたい」とおっしゃる。これらはどれも肯定語で、違うのは語感だけ。ならば、自分たちは技術者として、語感の違いをきちんと数値化して管理しなければと痛感したんです。

世界中の母親は「M」で呼ばれる

釈 それで語感の研究に取り組まれた。

黒川 実は、それは私にとって一〇代からやりたいことでもありました。理由は、自分の名前が「いほこ」だったから。この言葉は「い」で舌を前に出し、「ほ、こ」で息を吐く。

釈 息を吐く音が三回続きますね。

黒川 だから、二回も呼べば、横隔膜が上がり切ってヘトヘトになります。ところが、弟の名は「けんご」。親が叱るために私を呼んでも途中で怒りが消えてしまうのに、弟のほうは呼べば呼ぶほど激高してくる（笑）。そんなふうに人の体に力を入れる言葉と抜く言葉があることを感じて育ったので、高校のころから言葉の物理効果に関心があったんです。

ですから、その課題が改めて浮上したわけですけど、研究をしたくても方法論がわからない。例えば認知心理学には、一〇〇年近く前から「ブーバ／キキ効果」という命題があります。被験者に雲型の図形と星型の図形を見せて、「これはブーバとキキです。どちらがブーバで、どちらがキキですか」と聞くと、自閉症の人を除く九八％以上の人が、前者をブーバ、後者をキキと答えるんです。言葉の音とイメージの間には、明らかに相関がある。でも、なぜそうなるのか、仕組みがわかっていませんでした。

そんなある日、生後三カ月の息子にお乳をあげようとしたとき、息子がおっぱいをくわえ損ねたんです。そのとき、彼の口から「HaM」という音が漏れた。その「M」にハッとしました。私たちはM音を出すとき、舌の上に優しい空洞をつくり、そこに息をためて鼻腔をならす。この口腔形はおっぱいを吸うときと同じです。ならば、Mから始まる音は、人間にとって甘い満足の音なのではないか。思えば、M音は世界中で母親のイメージと直結しています。英語の「マム」「マミー」、フランス語の「メール」、中国語の「マーマー」。

釈　ほんとですねえ。

黒川　日本語では「まんま」がご飯を表わしますけど、日本の母親は英語圏の母たちのように『私』が『あなた』にご飯をあげる」という言い方をしませんよね。だから、赤ちゃんが母親を自分と別の個体と認識する前に、満足感を表すこの言葉がご飯と結び付いたと考えられるんです。

ともかく息子のM音がきっかけで、語感が口を中心とした上半身の物理効果で生まれることがわかった（笑）。そこからいまの研究が始まったんです。

日本語は優しい「母音語」である

釈　黒川先生はいまいわれた語感の研究をベースに、「日本語は美しい」という主張もされていますよね。その理由は、日本語が「母音系の言葉」だからと。

黒川　世界の言語は、音声を「母音主体で認識する言語」と「子音主体で認識する言語」に分かれます。日本語は、もちろん前者。例えば「カキクケコ」という仮名は、「Ka」「Ki」「Ku」「Ke」「Ko」のように子音と母音でできていて、日本人はそのうち母音を頼りに音声の骨格を捉えています。子音すべてに母音がセットになって、母音の流れでリズムを刻む。実は、ここまで母音主体の言語は、世界でも大変珍しいんです。

釈　ああ、なるほど。

黒川　私たちは伸びをするとき、「あ〜」といいます。あるいは、痛いとき、「うっ」と声を上げる。母音はそんなふうに心地よいときや驚いたときや感嘆したとき、思わず口にする音です。子音が息を止めて破裂させたり、歯でこすったりしてつくるのに対し、母音は単純に声帯を振動させて出します。

釈　よりプリミティブで、素朴な音ということでしょうか。

黒川　はい、いわば自然体の音。驚いて「あっ」というとき、私たちは口を大きく開き、口腔を高く上げます。それによって背骨も上がり、左右どちらにも体をねじれる状態になる。未知のものと遭遇したとき、相手が敵なら逃げ、えさなら追いかける。そのために、ニュートラルな体勢をとれるようになっているんです。

さらに、母音はその音響波形も、木の葉のカサコソ、小川のサラサラといった自然界の音と同じです。私たちがそこに感じるのは、自然な優しさ、親しみやすさ。ですから、母音は人の心を開かせる音ともいえます。

釈　そういうところが、日本語の美しさにつながっていると。

黒川　例えば、「かなしい」という言葉の音韻一つ取っても、本当に優しく美しいですよね。透き通っていて、しなやかで。私たちの祖先は、この言葉に痛さを感じる音を当てなかった。こんなところにも日本語の叡智を感じます。

人との境界を際立たせる音

黒川　もう一つ、日本語はものごとを「母音系の言葉」と「子音系の言葉」で二重に表現できる、世界で唯一の言語でもあります。「心」を「精神」、「水」を「飲料水」というように、私たちは大和ことば由来の言葉と漢語由来の言葉から、その場にふさわしい音を選んで使っている。謝るときも、「すみません」「申し訳ありません」「ごめんなさい」を自然に使い分けていますよね。ちなみに、これらの言葉はスピード感からいうと、いま申し上げた順番です。「すみません」は速さがあり、「申し訳ありません」は立ち止まり、「ごめんなさい」は立ちすくむ。

釈 日本語は表記法も、平仮名、漢字、カタカナと三つありますよね。どれを使うかで、言葉の印象がかなり違う気がします。

黒川 「心」を「こころ」と書けば宗教の話かしら、「ココロ」なら科学の話かな、と思う。私たちは文字の表記体系も、時と場合に応じて美しくコントロールしていますよね。

釈 「母音系の言葉」と「子音系の言葉」は、どちらを使うかで人と人との距離感も変わりますよね。

黒川 お別れの挨拶をするとき、「お会いできてうれしかったです。ありがとうございました」といえば親しみが湧くけど、「本日は光栄でした。感謝しております。失礼します」というと、互いの距離がバッと開く。こういう言い方は敬意の表明にもなる半面、取りつく島もないというか（笑）。

釈　あはは。先生は「母音語でする会話はイエスに向かい、子音語でする会話はノーに向かう」ともいわれています。

黒川　母音を主体に言葉を認識する私たちは、話しているうちに意識レベルで相手と融合してしまいます。一方、子音はそれだけで発音すると「クッ」「スッ」といった機械音に近いデジタルな音で、ある種の威嚇《いかく》効果もある。母音は人を融合させるけど、子音は人との境界を際立たせ、対立を招きやすい。だから、英語やドイツ語で話していると、どうしても「あなたと私の義務と権利を決めようね」という方向へいきますよね。

釈　そういう言葉は、契約なんかには向くでしょうね。

黒川　あるいはグローバルビジネスに。グローバルなコミュニケーションには、感情や情緒を削ぎ落した合理性が求められますので。

「メタメッセージ」が人を成長させる

釈　私、日本語は、言葉の意味を超えた「メタメッセージ」が豊かな言語だと思うんです。それをうまく読み取れる人が、コミュニケーション上手といわれるんじゃないかと。

黒川 おっしゃるとおりです。

釈 メタメッセージには、声の調子、目線、表情など、さまざまなものがありますけど、それが言葉のメッセージと食い違うと、ときに具合の悪いことが起こります。例えば、母親が子どもに「あなたのことを思って叱っているのよ」と言いながら、自分のイライラをぶつけているだけだったり。子どもには、母親の本当の気持ちがわかる。

黒川 わかりますよね。

釈 人類学者のグレゴリー・ベイトソンが、「ダブルバインド理論」というのを唱えています。これは、メッセージとメタメッセージが反対の方向に発せられることで、コミュニケーションの相手に悪影響を及ぼすというものです。

ベイトソンがそれに気づいたのは、心の具合を悪くして入院していた子どもを観察したからなんです。その子は回復したかと思うと、またすぐ悪くなる。見ていると、母親が離婚した夫をひどく憎んでいて、成長するにつれて父親に似てくる子どもを無自覚に嫌悪している。だから、言葉で「おいで」と言いながら、子どもが抱きつくと身を硬くするというように、言葉と正反対のメタメッセージを発し続けていた。人は背反するメッセージを同時に受け取ると、ダブルバインド状態に陥って身動きができなくなります。そういう経験を繰り返すと、子どもの精神状態が悪化するというんです。

黒川 なるほど。

釈 ベイトソンがすごいのは、それは無自覚だからよくないんで、「自覚的なダブルバインドは人の成長に必要だ」といっているんです。そして、例として禅の公案を挙げています。

確かに禅の公案は、意図的ダブルバインドともいえます。例えば、「三十棒」という問題がありまして。師匠が弟子に、「これから私が出す質問に答えなさい。答えが間違っていれば、この棒で三〇回たたく。正しくても三〇回たたく。黙っていたら三〇回たたく」というんです。仏教は「真実は言葉では伝わらない」と考えているところがあるので、ずいぶん理不尽な問題を出します（笑）。これは合理性を完全にふさがれた状態をブレークする訓練であると同時に、言語を使わずに思考するトレーニングでもあります。こういう訓練を繰り返すと、あるとき言語を介さず、心と心が直結してわかることがあるわけです。

ここでは、わざとずらしたメッセージとメタメッセージを与えてダブルバインド状態を生み出しています。日本人はそのずれを、人を劇的に成長させるすべとして利用してきた。いかにもメタメッセージを大切にしてきた文化圏らしい、知恵を感じるんです。

「サクラ」に感じる散り際の美しさ

黒川 面白いですね。私も、言葉がもつメタメッセージは無意識の領域で人に大きな影響を与えていると思います。その意味で、人が人生の最初に獲得する「母語」はすごく重要です。逆にいうと、母親が自分の母語以外で子どもを育てるのは危ない。一時期、子どもを英語で育てることがはやりましたけど、母語でない言葉は母親自身が正しく発音できないうえ、語感にも大きな隔たりがあります。

例えば、日本語の「サクラ」という言葉。これは「サ」がさっと吹く風、「ク」が一点で止まっているもの、「ラ」が花びらのひるがえる姿を表しています。枝の上で止まっていた花が、一陣の風にひるがえる。この語感が伝えるものは、散り際の美しさなんです。

釈 ははあ。

黒川 それに対して、英語の「cherry blossoms」が表すのは、花がモコモコと咲き誇る感じ。日本語を母語とする母親が、散り際の桜が咲く公園に子どもを連れて行って、「ほら、チェリーブラッサムよ」などと言えば、その子は母親が見

釈　ている花の象《しょう》と英語の語感のギャップに混乱してしまいます。それでは、日本語が古くから伝えてきたものも伝わらないと思うんです。

そういえば、昔、落語家の入船亭扇橋《いりふねていせんきょう》師匠が「この前アメリカに行きましたけど、どうも向こうの桜はいけませんね。向こうの桜はしゃべりませんな」といっていましたっけ（笑）。われわれは、もっと母語を大切にしないといけませんね。

黒川　釈先生の母語である関西弁は、日本語の中でも特に母音を引きずる言葉ですよね。

釈　一文字の母音は伸ばす、という法則があります（笑）。「手《てぇ》」「木《きぃ》」とか。

黒川　そういう言葉は、世界でも本当に珍しい。心を開く優しい言葉、大切になさってください。

宗教が出してきた答えは正しい

黒川　宗教の知恵を脳科学で説明するのは僭越《せんえつ》ですけど、先ほどいわれた「問題」によるダブルバインドのような状態では、感じる領域である右脳と言葉の領域である左脳の連携信号が寸断されます。すると、脳の隅々にまで電気信号が届

釈 いて、空間認知力が飛躍的に上がる。脳が最高に活性化して、直観力が働くことがわかっています。

右脳と左脳の連携信号を絶つ別の方法が、座禅や瞑想ですよね。座禅を組むと、目の前で起きていることも、自分がそれについて感じたことも、潜在意識に伝わらなくなる。「どう感じるか」が消えて、「どう見るか」だけが残る。それが、いわゆる「自我を滅した状態」ではないかと思います。

黒川 なるほど。脳科学といえば、先生はご著書で「人間の脳は地球の自転を感知しているので、自転の進行方向である東に意識が向きやすい」といわれていますよね。だから、東を向くと人はアクティブになり、西を向くと沈静化すると。

釈 それは最近、脳科学で指摘されたことですけど、古代インドの学問体系「ヴェーダ」では古くからいわれてきたことですね。例えば、情報も東に向いたときに受け入れやすいので、インドの学校では教師が東側に立ち、生徒が東向きに座るのがよしとされています。都市も東から西へ発展すると考えられていて、実際、東京も西側にベッドタウンが広がっていますよね。東から指す光の波長は、意欲や好奇心をもたらすセロトニン分泌に寄与する。西で眠り、朝、東へ出掛けていくことは、交感神経の活性化を考えても理にかないます。

韓国の宗教学者の方が、日本人の宗教心を最もよく表すのは童謡の「夕焼け小焼け」だと言ったそうです。日暮れにお寺の鐘が鳴って、みんなで西へ帰っていく。カラスも一緒に、つまり全ての命は西へ帰る。これはこの列島に暮らす人々の古層に刻まれた原風景だと思いますが、いまのお話とも符合しますね。

黒川 ヴェーダのマントラを唱えるとき、最初に「オーム（aum）」といいますよね。「a」は世界の始まりを、「um（n）」は終わりを意味する。これを音訳したのが「阿吽《あうん》」です。「阿」は吐く息、「吽」が吸う息を表し、密教ではその一呼吸の中に世界が存在すると考える。「あ」で始まって「ん」で終わる日本語の五十音は、明治時代にサンスクリット語の研究者が並べたといわれますけど、こういう「あ」と「ん」の関係も、脳の仕組みと関係するんでしょうか。

釈 「あ」の発音点は、口の中でいちばん唇に近いところにあります。一方、「ん」は、のどの奥をぐっと締めて響かせる。だから、口腔を世界に例えれば、まさに始まりと終わりの音といえますね。しかも、これは小脳で捉える物理感覚なので、世界共通。人類の骨格によって決まっているんです。

それが人類の世界観や宇宙観につながったのかもしれませんね。

黒川 私が思うのは、宗教が長い時間というフィルターを通して出してきた答えは、人間の脳、とりわけ感性の領域にもともとあったものだということです。

例えば七日周期もそうですよね。いま世界中が七日を一週間として暮らしていますけど、この発端はユダヤ教、イスラム教、キリスト教の教えにあります。仏教でも、初七日、四九日、七回忌と、七の単位で死者へのけじめをつけていく。実は、多くの人類の脳には超短期記憶の保管場所が七つあって、七という数字を「一揃い」「一巡」と感じやすいんです。そのことを、宗教も「知っている」。脳科学を追求すればするほど、宗教の叡智に驚かざるを得ません。

釈 人類の断片的な知恵を、体系化したものが宗教だともいえますからね。

黒川 だから、私、お坊さんに「おてんとうさまに感謝しなさい」といわれたら素直にそうするんです。脳科学的にもきっといいことがあるはずだわって（笑）。

釈 ええ、ええ。それはきっと正しいと思います（笑）。

「家族」と「共同体」のために生きる。
それが人生をもつということ。

総合地球環境学研究所所長、人類学者

山極壽一

やまぎわ・じゅいち―1952年東京都生まれ。75年京都大学理学部卒業。80年同大学院理学研究科博士課程単位取得退学。理学博士。カリソケ研究センター客員研究員、日本モンキーセンター・リサーチフェロー、京都大学霊長類研究所助手、同大学理学研究科助教授、教授を歴任。野生のゴリラを中心に、30年以上にわたり霊長類の行動の研究にあたる。2014年京都大学総長、21年から現職。著書に『暴力はどこからきたか――人間性の起源を探る』『家族進化論』『「サル化」する人間社会』『ゴリラからの警告「人間社会、ここがおかしい」』など。

「家族」とは生物学的仕組みである

釈　日本では一九六〇年代に、「核家族」という言葉がずいぶん取り沙汰されましたよね。それまで何世代かにまたがっていた家族が、夫婦や親子だけの最小単位にまで縮小した。その状況を捉えて「これで日本の社会は大きく変わる」と騒がれていたことを、子ども心によく覚えています。

ところが、最近はその核家族すら成り立たなくなり、地域によっては単身世帯が四割を超えているという。高齢者の二人暮らしも、どちらかが亡くなればたちまち一人暮らしになります。こういう家族形態や、それによって構成される「個の社会」が近代末期の姿だとすれば、近代成長期とは異なる価値観や方向性を見つけない限り、社会はもう回らない気がしていたんです。では、どんな方向を目指せばいいのか。それを考えていたとき、山極先生のご著作を読んで、大きなヒントをいただきまして。今日はぜひ、「家族」についてお話を伺えればと思います。

山極　いまは家族を巡る問題が、文化や社会の視点からばかり語られていますよね。しかし、人間の家族も、生物学的なメカニズムの上につくられています。そし

て、そのメカニズムは現代でも強く働いている。このことを忘れてはいけない
という認識が、私の考えの前提になっています。

釈　生物学的な、いわば人間本来の自然な姿が、いまは人間自身が生み出した文化や社会によってゆがめられているということでしょうか。

山極　その問題にいく前に、まず家族の成り立ちからお話ししましょう。

人間は大勢で子育てをしていた

山極　そもそも霊長類の中で、家族をつくるのは人間だけです。その起源は、いまから七〇〇万年ほど前に、人間の祖先がアフリカの熱帯雨林を離れたころまでさかのぼります。

釈　ルーツは相当古いわけですね。

山極　そうです。熱帯雨林からサバンナにすみかを変えたわれわれの祖先は、食べ物も少なく、肉食動物にも狙われやすいサバンナで、まずどうやって食料を確保し、どのように幼児死亡率の高さを補うかという問題に直面しました。「食」と「繁殖」、この二つの課題解決のため、人間は雑食になり、多産になった。ちなみに類人猿では、オランウータンが九年に一度、チンパンジーが五、六年

に一度、ゴリラが四、五年に一度と少産ですが、人間は毎年出産できます。
要するに、われわれの祖先はそこで生物学的な性質を変えた。そして、おそらく育児のために配偶関係のようなものを生み出した。それが家族の誕生につながっていくわけです。

釈 ははあ、多産も大きな要因だった。

山極 もう一つ重要なのは、人間が独自の進化の道を歩み出したとき、最初に獲得した特性が二足歩行だったということです。この歩き方は、長距離をゆっくり進むのに適していた。両手も自由になり、食物を持ち運べるようになった。そこで人間は、食料を集めて安全な場所まで運び、子どもや仲間たちと分け合って食べるということを始めました。

釈 誰かと食事を共にする、「共食」が始まったわけですね。

山極 そうです。さらに、二足歩行になったことで骨盤の形が変わり、産道が狭くなりました。そのため赤ん坊は小さな脳のまま生まれ、生まれてから急速に脳を増大させるようになった。人間の赤ん坊が類人猿に比べて多くの脂肪を身につけて生まれてくるのは、そのとき必要とされるエネルギーを補うためです。ただし、その脂肪は脳の成長に使われるので、体の成長はゴリラなどに比べて遅い。結果として、母親は重くてひ弱な赤ん坊をたくさん抱えるようになり、

釈　子育てに仲間の手を借りるようになりました。「共同保育」が始まったわけです。

山極　もともと人間は、大勢で子育てをしていたということですか。

釈　ええ。育児を夫婦や母親に限定せず、周囲の大人と協力して行うのは人間の特徴です。逆にいうと、育児が主に母親だけに任されるようになったのは最近の歴史でしかない。いまはそこが誤解されているんです。

山極　それで現代のお母さんたちは、育児に大きなストレスを抱えるようになったんですね。

釈　そうだと思います。いずれにせよ、人間が熱帯雨林を出て始めた「共食」と「共同保育」が家族の出発点になったことは間違いありません。

「家族」と「共同体」をもつのは人間だけ

山極　さらに人間は、いまから二六〇万年ほど前に肉食を始めました。そして、おそらくそのおかげで、二〇〇万年前ごろから脳を肥大させていく。脳は社会的な複雑さに対応して大きくなるので、これは人間の集団が大きくなった証拠といえます。私は、このころ人間にとって重要な二つの仕組みができたと思うんです。一つは「繁殖の単位としての家族」をつくったこと。もう一つは、複数の家族がまとまって「共同体」をつくったこと。

釈 山極先生は、「家族」と「共同体」の両方に所属し、運営していくことが、人間の大きな特徴だといわれていますよね。

山極 そこが人間の人間たるゆえんです。例えば、ゴリラはリーダーオスを中心とした家族的な集団をつくりますが、群れ同士がつき合うコミュニティはもっていない。チンパンジーは家族をもたず、乱交乱婚のコミュニティだけを形成する。この二つを同時にもつのは人間だけです。なぜなら、両立が極めて難しいから。

釈 それぞれの集団の利害は、基本的に一致しませんものね。

山極 むしろ拮抗《きっこう》しますよね。家族の間では、えこひいきが当たり前。親は自分の子がよその子よりかわいいし、子は自分の親が他人の親よりも大切。親子は互いに見返りを期待せず、無償で助け合おうとする。一方、家族の外へ出れば他人との関係は対等で、何かをしてもらったら、必ずお返しをする互酬《ごしゅう》関係が基本です。

人間がそんなふうに異なる集団を両立できたのは、性を家族の中に閉じ込めたことが大きいと思います。現代の夫婦は基本的に男女が一対一のペアとなり、他の異性との性は禁じられていますよね。しかし、そこに生物学的な理由はない。おそらくは社会的な理由から、人間は性を平等に担保する制度を生み出し、集団の中から性を巡る葛藤をなくして家族同士が仲良くつき合える共同体をつくり上げた。しかも、この組織は強靭だった。一八〇万年前に人類がアフリカを離れ、やがて温帯域からも出て新大陸にまで渡って行けたのは、この組織を維持し、発展させ続けたからだと思います。

釈　「家族」と「共同体」の二つをもったことで、他の霊長類が住めない場所にまで進出できたということですか。

山極　そうです。ですから、人間は身体的な適応ではなく、社会によって環境の障壁を乗り越えていったともいえますね。そこで重要な役割を果たしたのが、共食と共同保育を通して生まれた他者への「共感力」なんです。

言葉より先に「共感力」があった

山極　人間は非常に高い共感力をもっています。ゴリラであれば、近親者や生活を共にする近しい仲間だけに向けるこの力を、われわれは初めて会う相手にさえ発揮し、相手の立場に立ってものを考え、進んで助けようとする。それを文化だという人もいるけど、それは文化以前のもの、言葉が生まれるずっと前から、人間に備わっていた能力だと思います。

釈 私は僧侶でもあるので、いろんな世代の人たちと関わらせていただくんですが――。

山極 ああ、こういう話はご専門でしたね(笑)。

釈 いえいえ(笑)。いまいわれたことは、すごくよくわかる気がするんです。というのも、難病を抱えていたり、大事な家族を亡くしたりして非常に苦しい状況にある人が、誰かとつながっているという実感を抱くだけで、「今日はこんなにつらいけど、もう一日生きてみよう」と思い直し、困難を乗り越えていく姿をこれまで何度も見てきましたので。人間は他者と共感し合うことで、根源的な喜びを感じる生き物ではないかと思えるんです。

山極 そうですね。人間が最初に他者とつながったのは、身体を介してだったと思います。二足で立って歩くようになったことで重心が上がり、手や首が自由に動かせるようになった。それによって人間の体は、ダンスに適した「踊れる体」になった。踊りは他者を同調させます。それが、人間にとって最初の人間らしいコミュニケーション手段だったろうと思います。

釈 認知考古学者のスティーヴン・ミズンは、『歌うネアンデルタール』という著書の中で人間の進化における音楽の重要性を説いていますよね。でも、「歌う」

より「踊る」ほうが先だったと。

山極　ええ、まず踊る身体があったと思います。さらに二足歩行は喉頭《こうとう》を下げ、のどの奥に空間をつくって音の増幅を可能にした。腕が自由になって胸の圧迫も取れ、呼気を調節して声を自在に出せるようになった。それが歌うことにつながっただろうと。

釈　山極先生は、大人が子どもをあやすのに歌った子守唄が言葉のもとになったのではないかと推測されていますよね。

山極　ゴリラやチンパンジーは、生まれた赤ん坊を母親が一年くらい抱いたまま育てます。でも、人間の母親は重たい赤ん坊を抱き続けていられない。それで体から離して置くか、他人の手に渡してしまう。そのとき、泣きわめく赤ん坊を安心させるために子守歌が生まれたんでしょう。それは言葉ではないけれど、音声を使ったコミュニケーションとしてやがて大人の間にも広がっていった。一緒に踊ったり、歌ったりすることが、人間の共感力を高めたことは間違いありません。

釈　何かを通して共感し合うことの喜びは、いまも人間の中に生きていますよね。それ自体が生きる力になることも、少なくないといいますか。

山極　誰かが悲しいと思えば、自分も悲しい。誰かが期待してくれるから、何かを成し遂げようと努力する。あるいは、他者に尽くすことに喜びを感じ、ときに自分の利益を低めてでも集団の利益を守ろうとする。それが本来の人間です。ところが、現代社会ではそういう人間の共感力が衰え、個人が集団から後退しつつあるように見えます。そこに大きな問題があると思います。

サルの社会では強い者だけが勝つ

釈 いま日本を見渡すと、生物学的な変化をはるかに超える速度で、家族の形が変容しているように見えます。一人暮らしが急増して、人間にとって大事だった「共食」が減り、「個食」が当たり前になっている。先生は、このまま こうした変化が進み、家族が崩壊していけば、人間社会はサルの社会に近づくともいわれていますね。

山極 霊長類の中でも、ニホンザルなどのサルは家族をもちません。その集団は強い者が常に勝つ、純然たる序列社会です。食事は争いを避けて一匹ずつバラバラに食べ、力の強いオスが性を優先的に独占する。群れの秩序は全員がルールに従うことで保たれますが、そのルールとは、強い者が常に取り、弱い者が常に引き下がるということ。争いが起きれば皆が強い者に加勢して、たちまち決着をつけてしまいます。

そもそもサルが他者を必要とするのは、自分の利益を最大化するためです。仲間が多いほど食べ物は見つけやすく、捕食者からも攻撃されにくい。個の欲求を満たすことが最優先だから、集団に愛着をもつこともない。こうした社会は非常に効率的なんですよ。

釈 ルールがシンプルですものね。誰かの信頼を得るために、紆余曲折を経るような必要もないですし。

山極 同時にそれは、誰もが自分の利益を優先する勝ち負けだけの社会ともいえます。それに対して類人猿は、その場の状況に応じて問題の解決を図ろうとします。ときに弱い者も応援し、仲裁者が入って決着を先延ばしにすることで、そこからまた新たな関係を築いたりする。そういう特性を、人間も受け継いでいるわけです。

釈 答えを先送りするのは、一つの優れた知恵ですよね。知性を鍛えたり、互いの信頼を高めたりするためにも重要な気がします。

山極 ところがいま、人間の社会がサルの社会に近づいている。背景には環境と人間、両方の変化があります。どういうことかというと、人間は自ら環境をつくり出し、その環境に合わせて自分の生物学的感性をつくり変えてきた節がある。

例えば、目が悪くなると眼鏡をかけますよね。それによって視力は補えるけど、それは自分の能力を自分の外に出すことでもある。近代以降、われわれはそうしてどんどん物や機械への依存を深め、本来もっていた身体能力や知力に頼らずに済む社会を築き上げてきました。

家族もこれに似ています。家族はこれまでさまざまな環境の中で鍛えられ、たくましくなってきた。ところが、安全で豊かな暮らしを実現したら、もうそれに頼る必要がなくなった。共同体が機能していたころは、子育てや生活上の困難は仲間がカバーしてくれましたが、いまはお金をベースとした保険のようなシステムが個人を支えています。人工装置としての社会が整ったことで、信頼を絆とした家族や共同体が弱まるのは当然といえます。

釈

加速する「個人化」にあらがうもの

確かにいまは、昔なら家族なしに暮らすことが困難だった田舎でさえ、一人で暮らせるシステムがつくり上げられていますね。それによって、人間にとって喜びの源でもあった家族がわずらわしい存在に変わってきたのかもしれません。

絵画の技法でよく、風景を「近景」「中景」「遠景」の三つに分けて捉えますよね。これを人間の生活に例えると、「近景」が個人や家族、「中景」が地域社会などの共同体、「遠景」が国家じゃないかと思うんです。この三つがバランスよくそろった状態が理想なのに、近年は特に「中景」が急速に痩せてきている。そのために、個人と国家が直結するような事態が起きているように思うんです。

山極　おっしゃるとおりですね。かつては家族や地域社会、職場が個人のアイデンティティだった。でも、いまはそれらが壊れつつあります。若者世代はそもそも地域社会の中で自分をつくった経験がないから、アイデンティティがそこに向かうこともありません。

代わりに強くなっているのが個人ですよね。インターネットの世界でも、個人と個人、個人と世界が直結している。人間は他人に「あなたはこういう人だ」と定義されて初めて自分であり得るはずなのに、最近は自分で自分を定義している。誕生日に一人でレストランに行って一人で乾杯し、「ああ、よかった」と満足するような世界が現実になっていますけど、全てが自分一人の出来事として完結するのは、社会的動物である人間が社会から脱落する姿そのものです。

釈　そういう個人化へ突き進む最初の扉を開いたのは、やはり近代システムじゃないでしょうか。例えば、近代と前近代の違いで象徴的なのが名前です。江戸時代には、武士が元服して名前を変えたり、商人が店代々の名前を継ぐのが当たり前でした。つまり、名前がいまほど個と結びつかず、「いい加減」に使われていた。ところが、近代に徴兵と徴税の制度が始まると、人は一生同じ名前を使わなければならなくなった。そういう近代の国家システムが、個の壁を厚くしてきた。さらにそれが自己目的化して、どんどん個が強くなる方向に進んできたように思います。

山極 結局、社会システムの効率化を求めれば、ルールを強化せざるを得ないということですよね。そして、ルールが精緻《せいち》になるほど、人の感性は鈍くなる。身近な例でいうと、電車に優先席ができるまでは、皆、自然にお年寄りに席を譲っていました。ところが、優先席がルール化されると、それ以外の場所で席を立つ人が減った。その場の状況に応じて他者をおもんぱかる人が少なくなれば、さらにルールが必要になります。

果たしてそれがいいことかどうか。人間の根本は他者への共感からくる思いやりにあって、ルールだけで動くなら機械と変わりません。このまま人間が機械化すれば、ＡＩに仕事を取られても文句はいえないでしょう。

釈 実際、二〇年後には多くの職業がＡＩに代替えされるといわれていますよね。

職場でも教育現場でも、手間や時間をかけて人を育てることが減ってきた。とりわけ教育は商品化され、学びは消費活動になり、学費に見合うサービスを提供されて当然という風潮が強くなっていると思います。

山極 教育については、真剣に考えなければいけないですよね。私は、人の一生には大事な学びの時期が三回あると思うんです。

最初は、授乳が終わってから六歳ごろまでの離乳期。この時期に認知が発達し、言葉や社会的なふるまいを覚えます。次が中学から高校にかけての思春期。このころ脳の成長が止まり、繁殖能力が増大する。いわば、性を通じて自分を社会に位置づける大切な時期ですよね。さらに体が完成した後、今度は自分を社会的に機能させていく学びの時期がある。大学や社会に出る時期がこれに当たります。

このことは、最初にお話ししたこととつながります。つまり、人間は社会や文化だけにつくられるのではなく、生物学的なメカニズムの影響を強く受ける存在だということです。教育者はそこをよく理解して、この三つの時期をつなげながら、社会化、文化化を後押ししていかないとなりません。

釈 いまは経済が高速で回り、政治も最短で答えを出すことを求められていますよね。情報の伝達時間も、人や物の移動時間も短縮し、現代人の時間感覚は

山極

ギューッと収縮している。でも、教育、医療、宗教などの領域は、時間を縮めようとすればするほど本質を損なう気がします。むしろそういう流れに抗する牙城《がじょう》となり、生き物としての人間の成長や、そこに流れる時間に寄り添うべきじゃないかと。

それらはどれも、生命とつき合う分野ですからね。いま教育にいちばん必要なのが、まさに「生命とつき合う」ことだと思います。これから育つ子どもには、動物、昆虫、植物、全てを含めた命のつながりに触れて欲しい。それによって世界がどうやってできているか、世界は決して自分のためだけにできているのではないことに気づいて欲しい。そこから育まれる他者への共感が、われわれの社会がこれ以上個人中心に回ることを阻むはずです。そのとき、「家族」と「共同体」という、人間の祖先がつくり上げた二重構造が再び生きる力を得るんじゃないでしょうか。

家族の起源をさかのぼれば、人間の本質が見えてくる。家族は、人間の根幹を支える大切なものです。人はやはり、家族や共同体のために生きることに幸せと生きがいを感じる生き物ではないか。少なくとも、それが「人生をもつ」ことだと私は思います。

人間の「非合理」を
知っている。
それが宗教の底力だ。

作家、元外務省主任分析官
佐藤 優

さとう・まさる—1960年東京都生まれ。85年同志社大学大学院神学研究科修了後、外務省入省。在ロシア日本国大使館に勤務後、本省国際情報局分析第一課の主任分析官として対ロシア外交の最前線で活躍。2002年背任と偽計業務妨害容疑で逮捕。09年有罪確定。05年『国家の罠』で毎日出版文化賞特別賞受賞。06年『自壊する帝国』で新潮ドキュメント賞、大宅壮一ノンフィクション賞受賞。著書に『獄中記』『同志社大学神学部』『プーチンの野望』『13歳からのキリスト教』『宗教改革者』『読書の技法』など。

誰もが「宗教」をもっている

釈　今日はぜひ、「宗教の底力」についてお話をさせていただければと思います。宗教を通して人間や社会を眺めると、普段見えていないものが見えてきたりしますよね。私は以前、新聞の連載で、外国から日本にやって来て、自分たちの宗教を守りながら暮らしている人たちを訪ね歩いたことがありまして。イスラム教やユダヤ教はもちろん、ジャイナ教やシク教の寺院など、日本人にあまりなじみのない宗教の現場も訪れました。二〇一六年に日本で初めて京都にできた、コプト正教の教会などへも。

佐藤　コプト正教というと、源流はエジプトですね。

釈　はい、エジプトで発展した古代キリスト教の一派です。そういう場で、「日本で暮らしながら信仰を守っていくために、どんな苦労がありますか」と尋ねると、食の問題を挙げる人が多いんです。食に関する厳しいルールをもっている宗教は少なくない。特にジャイナ教などは、厳格な不殺生の戒律がありますので。

佐藤　虫も殺してはいけないといいますよね。

釈　生き物を傷付けないことを倫理の軸にしているので、虫を踏まないよう、道をほうきで掃きながら歩く修行者もいます。肉、魚、卵もいっさい食べず、魚のだしなども口にできないので、日本食だと食べられるものがかなり限られてしまいます。

佐藤　その他、皆さんが大変なこととして挙げるのは次世代教育。自分たちの文化を子どもや孫に伝える場がないことに多くの人が悩まれている。それから、葬儀や墓地の問題。イスラム教徒などは土葬でなければなりませんし。

釈　火葬にするなどといったら大変ですよね。みんな集まってきて。

佐藤　そうなんです。これから日本にも海外からの労働者が増えていくと思うんですが、そういう話を聞くと、まだまだ受け入れる土壌が整っていないと感じるんです。

釈　私は、介護現場などを除いて、近未来に外国人労働者が大量に日本に流入してくることはないと思うんですけどね。というのも、日本には日本語という高い参入障壁がある。一方、いま現在も工事現場などでは肌の色の異なる人々が相当数働いていて、その人たちに対するルールづくりがされていないのが問題です。日本では政策上、「移民」はいないことになっていますから。

佐藤　前提がそうだと、ルールをつくろうという方向に動きませんよね。

佐藤　現実にはいるわけだから、そこを改めないといけない。その意味で、いまいわれた宗教面の土壌を整えることはとても大切だと思います。
　宗教が人間にとっていかに重要か。よく「自分は何も信じていない」という人がいますけど、私は、世の中に宗教を信じていない人はいないと思います。なぜなら、人間は必ず死ぬ。だから、何らかの宗教が必要です。それから、どんな人も理屈で割り切れない何かを信じている。ある人はお金の力を。ある人は出世や学歴を。誰もがそういう「宗教」をもっているというのが、私の認識です。

移民の教会は「新・帝国主義」の縮図だ

釈　人が死と向き合うときはもちろん、つらい日常を生き抜くためにも、宗教は重要な要素だと思います。滋賀県長浜市に、ブラジル系移民の人たちが立ち上げた「ミッション・アポイオ」という教団の教会があるんですが。

佐藤　プロテスタントですよね。

釈　はい。アメリカで始まったペンテコステ派の流れを汲んでいて、精霊を重視する傾向があります。私が訪れたときも、牧師さんが両手を大きく広げて、精霊が降臨してくるようなムードを演出して、集まった人たちがものすごい熱気で歌ったり、踊ったりしている。毎日精一杯働いて、日曜日にそこに集まっては、「一人で泣いちゃダメだ」「苦しくても頑張ろう」といったお説教を聞いて涙を流し、また月曜日から精一杯働く。そういう姿を見ていると、「人が生きていくには、やっぱりこういう場所が必要なんだ」と改めて実感するんです。

佐藤 その教会はその人たちにとって、異国におけるコミュニティとして機能しているわけですよね。

釈 そうなんです。皆で歌やお説教に共感して、互いのつながりを確認し合う。母国語でおしゃべりして、母国の料理を食べて。そういう時間がないと、毎日の暮らしがつら過ぎるといいますか。

見方を変えると、その光景は、佐藤さんがよくご著書などで、「現代は新・帝国主義の時代だ」といわれていることと重なります。つまり、いま世界のあちこちで国民国家が崩れ、グローバリズムが新たな帝国主義的傾向を帯びていることの縮図にも見えるんです。世界が、「搾取する側」と「搾取される側」に分かれてしまっていることの。

佐藤 それはおっしゃるとおりと思います。

日本のクリスチャンは屈折している

釈 南米から日本にやって来る労働者の大半はカトリックですけど、その人たちにとって日本のカトリック教会は溶け込みにくいようですね。信者に知識人や文化人が多かったりして。

佐藤 日本のキリスト教は、基本的に威張っていますからね。カトリックはさておき、日本のプロテスタントはそもそも屈折しています。もともと薩長土肥《さっちょうどひ》体制に反発する旧佐幕派《さばくは》が多かったから。

釈 そうなんですか⁉

佐藤 明治維新後、薩長土肥が牛耳る新政府の中でエリートになれなかった人たちが、その不満を抱えて向かったのがキリスト教と教育ですよね。両方を背負ったのが私の母校、同志社大学を創立した新島襄《にいじまじょう》です。だから、同志社という学校はかなりひねくれている（笑）。

釈 日本人クリスチャンの屈折というのは、確かにありますね。それは、いまいわれた主流派・非主流派の問題に限らない。『代表的日本人』などの著作で知られるキリスト教思想家の内村鑑三は、「二つのＪ」といっていました。ジーザス（Jesus）とジャパン（Japan）、つまり、キリストへの愛と日本への愛国心をともに貫くんだと。

佐藤　内村は、なりたくてキリスト教徒になったんじゃないんですよね。官費生として入学した札幌農学校（現北海道大学）で、キリスト教に改宗したクラーク博士の弟子たちに詰め寄られ、仕方なく洗礼を受けた。哲学者の柄谷行人《からたにこうじん》さんは、『憲法の無意識』という本の中で、そういう「外圧」で受け入れたからこそ、キリスト教は内村の中で内在化し、そこから離れられなくなったといっています。「押し付けられたからこそ、離れられない」という点を憲法九条と重ねて論じているんですが、私はそれこそ宗教の土着化だと思う。宗教は、押しつけでないとダメなところがあると思うんです。

釈　そこには、無理やり異物を飲み込んで消化し、身体化するようなプロセスが必要でしょうね。

宗教学者の間ではよく、「キリスト教は布教にものすごく力を入れたにもかかわらず、日本での土着化に失敗した」といわれます。そこまでやってダメだった例は、日本とインドくらいじゃないかと。でも、改めて考えると、キリスト教はかなり日本の中に根付いていると思うんです。日曜日を休日にすることも、クリスマスも定着していますし、とりわけ教育、倫理、福祉、医療などの分野

佐藤 では、キリスト教の価値観が血肉化しています。最近は葬儀でも、「安らかにお眠りください」「永遠の眠りにつかれました」といったキリスト教の言葉をよく耳にしますし。

ただ、キリスト教徒にも、「ご冥福をお祈りします」という仏教用語を使う人が大勢いますからね。文章の中に「合掌」と書いたり（笑）。シンクレティズム（宗教混淆《こんこう》）というか、日本はそのへんが無茶苦茶なんです。同時に面白いところです。

「葬式仏教」に見る日本人への密着度

佐藤 決して釈さんへのお世辞ではなく、私は日本の宗教では、やはり仏教がすごいと思います。「葬式仏教」などと揶揄《やゆ》されるけど、葬式を司るということは、人が死をその宗教との関係の中で受け入れるということですよね。結婚式は一生に多くて三回、しかも二回目以降はほとんど式を挙げない。私も二回目は式なしです（笑）。でも、葬式は一度行うと、その後の関連行事が多いでしょう。

釈 三回忌、七回忌といった年忌法要《ねんきほうよう》などの死者儀礼は、かなり長く続きますよね。

佐藤　以前、アマゾンに「お坊さん便」が登場してずいぶん批判されましたけど、あれを見たときも、キリスト教は仏教に絶対勝てないと思いました。牧師や神父の宅配便なんて、需要がないですよ。仏教はそれだけ日本人の生活に密着している。

いま同志社大学の神学部で教えているんですが、学生の九割はクリスチャンじゃありません。彼らに教会に行ってレポートを書きなさいというと、「行きたくない」というんです。理由は、そこにいるおじいちゃん、おばあちゃん軍団につかまって離してもらえなくなるから。教会が若い層を全く取り込めていないから、少しでも接近してくる若者を見ると「これは逃すまい」ということになるんです。

釈　ははあ。そういう意味では、仏教界も高齢化が深刻ですけどね。檀家さんの人口が減って、寺院ももたないので、今後はかなり統廃合が進むと思います。

佐藤　キリスト教の状況はもっと厳しい。一方で、新宗教も元気がありません。すっかりエスタブリッシュ化して、既存宗教と変わらない体質になっている。

釈　高齢化が進む、若い人が来ない。伝統宗教と同じ悩みを抱えていますよね。宗教教団というのは、誕生して間もないときは独特のトゲがあって、それが社会と摩擦を起こしたりする。その半面、フットワークも軽く、魅力も豊かだっ

佐藤 たりするんですが。
いま社会と摩擦を起こす魅力的な宗教といえば、世界でもイスラム教くらいかもしれませんね。

神学論争では正しいほうが負ける

釈 ところで、最近、国会中継なんかを見ていると、些細なことで怒ったり、不機嫌になったりする場面が増えている気がするんです。いわば、「不機嫌さ」という感情で場を支配しようとしている。見ていると「知性に対して不誠実」という感じがすごくします。東京オリンピック・パラリンピック誘致のときも、安倍前首相が福島原発について「アンダーコントロール(制御下にある)」といっていましたけど、それは事実と異なりますよね。その場がうまくいくなら嘘をついても構わない、という感覚が蔓延《まんえん》しているように思うんです。

佐藤 あれは本当に、「コントロールできている」と思っていたと思いますけどね。主観的願望で客観情勢が変わると思っている人は現実に多い。これはわが国では、元寇《げんこう》以来の問題じゃないですか。ある種の念力主義という。

釈 言霊《ことだま》の力みたいな話ですか。

佐藤　ええ。もう一ついえば、国会の中には一般社会とは全く異なる文化がありま
す。ああいう濁った沼みたいなところで「誠実な知性」を求めても、八百屋で
魚をくれというようなもので。

釈　とはいえ、少し安易な感情の発露が目につきます。佐藤さんは神学で知性を
鍛錬してこられたと思うんですが、宗教には「知性を鍛錬する」という面もあ
りますよね。

佐藤　それはあると思います。例えば、キリスト教神学の歴史を見ると、論理的に
整合性が高いほう、つまり、正しいほうが負ける傾向が強いです。

釈　正しいほうが？

佐藤　理屈が通ったほうがつぶされる。

釈　声が大きい者が勝つとか。

佐藤　それはだいたい正しいです。

釈　あるいは権力が強い者が勝つ。そういうことですか。

佐藤　そうです。例を挙げると、一五世紀のボヘミア（現チェコ共和国の東部）に、
ヤン・フスという宗教改革者がいました。当時、教会は分裂し、ローマ教皇が
三人いた。これについて、フスは「神の代理人が三人もいるのはおかしい」と
批判して、教会と対立します。教会は「あなたの考えを聞きたい」といい、フ

スをコンスタンツという場所で開く教会会議に招く。しかし、フスは「行けば命が危ない」と考えます。
それに対して、三教皇の一人であるヨハネス二三世が、安導券《あんどうけん》を出すというわけです。安導券というのは、病院船とか支援物資の輸送船が敵国陣営に入るときに安全を保障するものですね。フスはそれを信じて出掛け、結局、捕まって火あぶりになる。このときの教会側の言い分はこうです。捕まえないと約束はしたが、約束を守るとは約束しなかった。

釈　ううむ、狡猾《こうかつ》……。

佐藤　神学論争は、しばしばこんなふうに政治力や軍事力で決着がつけられます。でも、それでバランスが取れる面もあるわけです。敗けた側は「争いには負けたが、俺は正しかった」と思えるし、勝った側はどこか後ろめたい思いを抱くから。
これは、じつは企業内の権力闘争などにもいえます。正しいことをいう人が、社内で勝つわけじゃない。でも、その人が争いに負けてポストに恵まれなくなったとしても、「自分は筋は通した」と思えれば納得がいきますよね。一方、勝って主流派に立った側にも、どこかに「やり過ぎた」という気持ちがあれば、組織全体としてバランスがとれる。組織にある種の「幅」が出る。

釈　なるほど、面白いですね。

人間以外のものから宗教を考える

佐藤　もう一つ、神学の議論というのは積み重ね方式ではなく、いつも同じことの蒸し返しです。例えば「イエスは神か、人か」という問題に対して、「まことの神で、まことの人だ」というテーゼがあるんです。これについて一六〇〇年ほど繰り返し論争していますが、いまだに結論が出ていません。

これもまた、企業の人事などに通じます。企業内の人間関係でもいつも似たようなトラブルが起こり、それが解決しても、また数年後に同じ問題が浮上する。そのとき宗教の歴史を知っていると、「そんなものだ」と思えます。

釈　宗教は、「この世の不条理を引き受けて生きるための知恵の体系」でもありますからね。逆に、誠実な知性は必ず宗教性に至るということはないでしょうか。

佐藤　それはないと思います。なぜなら、人間の知性は絶対に曲がるから。

釈　人間はどこまでいっても、自分の都合を通してしか物事を見られない。だから、知性も、自分の都合を通したものになるということですか。

佐藤 ええ。もし本当に誠実に自分の真理だけを追いかけたら、ストーカーみたいになると思いますよ。「あなたのことは嫌いです」といわれても、「僕たちは付き合っていたじゃないか。初心に戻ってくれ」。「本当に嫌なんです」「いやいや、そうじゃなくて、君の本当の気持ちが知りたいんだ」というように。

釈 怖いなあ。でも、佐藤さんは、啓蒙主義に立ち返れといったご提案をされていますよね。その啓蒙主義とは、人間の理性という光の部分だけでなく、影の部分も見据えたものであるべきだと。人間の知性は確かに曲がりますけど、「それは曲がったものである」ということも踏まえた誠実な知性は、やはり宗教性に到達すると思うんですが。

佐藤 どこまで宗教性があるかは別として、例えば猫は――。

釈 猫ですか。

佐藤 猫がテーブルの上に乗らないようにしつけると、乗りません。しかし、それは乗れば怒られるからで、自分を怒る人間がいなくなれば乗る。猫を動かすのは善悪ではなく、快・不快です。人間も放っておけばそうなる。また、それでいいとも思うんです。

私はこんなふうに、宗教や人間のことは人間以外のものから考えることが多いんです。その意味で、以前、人類学者の長谷川眞理子先生から伺った話も面白かった。現生人類には、ネアンデルタール人のＤＮＡが数パーセント入っていると。

釈　交配していたということですね。

佐藤　そうです。ネアンデルタール人はわれわれの倍の筋肉量をもち、視力が抜群で足が猛烈に速い。また、彼らは人間を食べます。非常に身体能力が高く、人間との間に子どももつくれて、人間を食べる存在がいまもいたら、どうなるか。人権問題に対する感覚も相当変わっていたはずです。

ネアンデルタール人がなぜ絶滅したかについては諸説ありますが、一説には、現生人類がジャングルを離れて外の環境に適応していったのに対し、ネアンデルタール人は地球の環境変化にうまく適応できなかったからだといわれています。そこから飛躍して、こんなことを考えるんです。現代のアメリカの教育は危ないんじゃないかと。

釈　ほう。

佐藤　アメリカではここ数年、大学の授業料が高騰しています。カリフォルニア大学バークレー校の年間授業料はおよそ五万ドル、ハーバードで七万ドル。七万ドルは日本円で八〇〇万円です。これでは、年収二〇〇〇、三〇〇〇万円の高所得カップルでも、子どもをもつことを諦めてしまう。新自由主義が加速する中で、教育が〝ネアンデルタール人〟化しているように感じるんです。メリーゴーランドが速く回り過ぎて、乗っている人たちが吹っ飛びそうになっている。

「非合理な人間」をいかに扱うか

佐藤　私は、むしろアメリカが切り捨ててきたものの中に大事なものがあると思います。この対談も一例ですが。

釈　といいますと。

佐藤　この対談は、日本の銀行系シンクタンクの会員誌に掲載されます。私はこれまで、アメリカの投資銀行がこういう媒体を発行しているのを見たことがない。文化は無駄なものとして切り捨てられてきたんでしょうが、こういうものは顧客ネットワークへのサービス提供であると同時にコミュニティづくりでもあります。日本は他国に比べて、この分野が圧倒的に強いんです。

もう一つ、この手の対談は主宰者にとって一種の「人相見」でもあります。その企業や業界に対して、われわれ対談者がどういう考えをもっているか。経済や社会をどう見ているか。それらを無意識に判断しつつ、自分たちの味方を増やし、敵を中立化し、生き残るのに必要な「幅」を蓄えていく。こういうものは企業に埋め込まれた知恵ですよ。

釈 なるほど。おかげでこの対談の意義が見えてきたような……。

佐藤 さっきもいったように、宗教は一見無関係な企業活動とも深く関係していま す。例えば、営業で大きな成績を上げる人には、計算や理性でゴリゴリ攻める タイプより、人たらし系の人が多いですよね。その理由は、そもそも人間が非 合理な存在だから。

あるいは、いまは総合職で企業に入っても、ある年限で総合職が就かない部 局に回される人が少なくありません。そのまま放っておけば、不満がたまる。 それを避けるには、宗教的信念をもって健全な愛社精神を育てる必要がありま す。新入社員も、キリスト教徒なら、セクハラ上司に引っ掛かるようなことは ないですよ。キリスト教では、神様以外のものを軽々に拝んではいけないこと になっていますから。

釈 それはそうでしょうね。特にプロテスタントは、迷信なども避ける傾向があ りますね。

佐藤 プロテスタントを煮詰めると、結局、カルヴァン主義になります。この人た ちは、どこへ左遷されても頑張る。どんな逆境も、自分が神から選ばれたこと で与えられた「試練」だと考えるから。

釈　こんなひどい目にあうのは、自分が正しいからだと。「苦難の神義論」ですよね。

佐藤　そうそう。裏を返せば、絶対に反省しない人たちだといえます（笑）。

釈　あはは。今日は佐藤さん流の、普段見えない「宗教の底力」が見えてきた気がします。

佐藤　そもそも仏教徒とキリスト教徒がこうして話せることが、宗教のすごさじゃないですか。仏教やキリスト教のような伝統宗教は、長い歴史の中でさまざまな連立方程式の組み方を身につけている。「宗教とビジネス」「宗教と学問」「宗教と科学」というように。

釈　伝統宗教は、膨大なインターフェースをもっていますからね。あらゆる人があらゆる方向から、アクセスできるようになっています。

佐藤　宗教は人間を知っている。良い面も悪い面も、合理的な面も非合理的な面も。そうして、異なるものとの間でも対話ができる。そこが最大の底力じゃないでしょうか。

3 四苦八苦

老いも死も、万能解決策は「受け入れること」。

小説家・医師

久坂部 羊

くさかべ・よう―1955年大阪府生まれ。大阪大学医学部卒業。大阪大学医学部付属病院にて外科および麻酔科を研修。その後、大阪府立成人病センターで麻酔科、神戸掖済会病院で一般外科に勤務。88年に外務省入省、在外公館で9年間医務官として勤務。帰国後は在宅医療専門のクリニックで訪問診療に従事。一方、20代で同人誌『VIKING』に参加、2003年、『廃用身』で作家デビュー。14年『悪医』で日本医療小説大賞受賞。他の作品に『破裂』『無痛』『芥川症』『人間の死に方』『老乱』『介護士K』『老父よ、帰れ』など。

「日付を聞く」のは失礼である

釈　久坂部先生が二〇一六年に上梓された『老乱』を読み始めたら、止まらなくなりまして。久々に小説で興奮しました。認知症の人の心理や介護の描写がすごくリアルで。

久坂部　認知症の方々のグループホーム「むつみ庵」を運営されている釈先生に、そういっていただくとうれしいですね。私も長く在宅で認知症の患者さんを診てきましたけど、現場を知っている人に「これは違うよ」といわれるのが少し不安だったので。

釈　五十川幸造《いそかわこうぞう》という七八歳のおじいさんが認知症になって、息子夫婦が介護するんですよね。でも、どんどん悪化していく。いかにわれわれの日常がもろいかを、突きつけられた気がしました。同じ出来事が、幸造と息子夫婦の二つの視点から描かれているのも面白い。その中で、互いに自分の都合で相手を誘導しようとする、ずるさのようなものも見えてきます。そういうずるさは、家族だけでなく、認知症のご本人にもあるんですよね。われわれは認知症の人の気持ちをわかったような気になっていますけど、改めて学ぶところが大きかったです。

久坂部　この小説を書いたのは、在宅医をしていたころ、認知症の患者さんのご家族が同じ失敗を繰り返すのをいやというほど見たからです。家族は患者さんを大事にしたい。だから、患者さんの安全を考えて、先へ先へ手を打とうとする。患者さんは患者さんで、家族に迷惑をかけたくない。それで自分の力で頑張ろう、頑張ろうとする。どちらも善意なんです。それなのに互いにギスギスしてもめる。非常にもったいないんです。

その原因として共通するのは、家族が認知症をこれ以上進ませたくない、治したいと思っていることです。これは家族なら当たり前の気持ちですが、その結果、患者さんの人格を否定したり、ストレスをかけたり、厄介者扱いされていると受け取られるようなことをしてしまう。日付を聞く、晩ご飯のおかずを聞く、孫の名前を聞く。これは失礼なんです。聞かれた人は、自分がダメ人間扱いされていると感じる。

釈　認知症であっても、そういうことは敏感に感じるんですよね。

久坂部　『老乱』でも、息子の嫁である雅美が、幸造にボケ防止の体操をさせたりします。でも、状態はどんどん悪くなる。あるとき専門医から、それは逆効果だといわれるわけです。それより、「認知症を受け入れなさい、ご本人に感謝の気持ちをもちなさい」と。これは簡単ではないんですね。でも、雅美も「よく考えたら、自分たち夫婦は若いころ、お義父さんにずいぶんよくしてもらったな」と。

釈　過去を思い出して。

久坂部　このエピソードは、私が在宅医療で出会った方から実際に聞いた話を元にしています。その家のおじいさんは、認知症で息子の顔もわからないような状態だった。でも、お嫁さんはとても上手に介護している。理由を聞くと、「私たち夫婦は若いころ、このおじいちゃんにすごく世話になったんです。感謝しているんです」と。認知症の人を抱えながら穏やかな家族は、互いに感謝や尊敬の念をもっています。それを知って欲しかったので、『老乱』でも、幸造と雅美たちがギクシャクする過程を経て、最後は互いを受け入れるところへもっていったんです。

釈　一つの道筋が見えてくるような終わり方でした。

問題行動は無意識の「復讐」

釈　『老乱』の認知症の描写の中でも、幸造さんが自分の不安を日記に書きとめたり、ボケ防止のために漢字の書き取りをしたりする場面が特にリアルでした。今日は手へんの字、今日は草かんむりの字などと決めて。

久坂部　あれはモデルがあるんです。カメラマンの太田順一さんという方に、『父の日記』という写真集がありまして。お父さんが八七歳で亡くなるまで二〇年間つけていた日記と、自分が撮影した干潟の写真を組み合わせた作品ですが、元気なころの日記には、亡くなった妻と一緒にお風呂に入ったことなんかを思い出して、「あのときがいちばん幸せだった」などと書いてある。ところが、認知症になってからは、「自分の字が読めない」「つらい」「ボケてきた」といった記述が増えていきます。文字も乱れて、ぐちゃぐちゃに塗りつぶしてある。すごい迫力なんです。

釈　そうでしたか。『老乱』の幸造さんも、認知症になる前は普通のいいおっちゃんですよね。でも病気が進行するにつれて、徘徊、妄想、暴言など、さまざまな周辺症状が表れてくる。

世間が認知症に対してもつイメージは、ほとんどがこの周辺症状のイメージです。こういう症状は、実は認知症が進行していくときに周りがどう接するかでだいぶ変わる。というのも、人間には最後の最後まで崩れにくい部分があって、その一つが「自分」へのこだわりだと思うんです。だから、その時期に排除されたり、意地悪されたりすると具合の悪いことになる。かなり認知症が進んだ人でも、人前で恥をかかされると、後できっちり周辺症状が出たりします。逆にここで周囲がうまく関わると、いい感じでボケていく。

久坂部 ところが、そういうなりかけのときこそ、家族は必要以上に嘆いたり、無理に病院に連れて行こうとしたりする。「何いってるの」と話を否定したり、腹を立てたり。私は、認知症の周辺症状は、弱く力のない認知症の人がつらい思いをさせられることに対する、無意識の復讐だと思うんですよ。

釈 認知症の人は、自分のストレスや不満を言葉で表現したりする力が低下していますからね。

久坂部 こういうと語弊があるかもしれませんが、ペットでも、飼い主が自分の都合で抱きしめたりしたら逃げますよね。でも、その動物にとって心地よい接し方をすれば、自然と寄ってくる。認知症の人も、起きていることの意味はわからなくても、自分が心地よいこと、不快なことは最後までわかります。快適な状態を乱すのは自分にとって不利だということもわかるから、ご本人が心地よい状態にしてあげれば、周辺症状は確実に減ると思います。

初めまして、セツコと申します

釈　以前、むつみ庵で看取らせていただいたおばあちゃんがいまして。亡くなられた後、お嫁さんが、自宅で介護していたころの日記や、自分がおばあちゃんの部屋の前に置いたという紙をくださったんです。そこには「私ももう耐えられないから、明日からあなたのことを困らせます」「意地悪させてもらいます」などと書いてある。ドロドロなんです（笑）。おばあちゃんも苦しかったのか、周辺行動も多く、お嫁さんも煮詰まってギリギリのところでむつみ庵に連れて来られた。最後は穏やかな、本当にいいおばあちゃんとして亡くなられたんですけど。

久坂部　そういう状況では、とにかく家から外に出ることも大事ですよね。

釈　一方、少し前にこんな話を聞きました。ご自宅で仏教塾をされているある和尚さんのところへ、五〇代前半ぐらいの奥さんが相談に来た。「自分は嫁いでからずっと、病弱で入退院を繰り返す義理のお母さんを介護してきた」というので、「大変でしたねえ」というと、それは大変じゃないと。

久坂部　ほう。

釈　そのお義母さんはすごくいい人で、お世話をいやだと思ったことは一度もない。お母さんが食べこぼしたものを食べるのも平気、というほどの間柄だったそうです。ところが、このお義母さんが認知症になった。食事を持っていったら、「あんた誰？」といわれたというんです。奥さんはこれにショックを受け、いくらなんでも、何十年も世話してきた自分にそれはないだろうと怒りがおさまらない。
　そこで、その和尚さんがいいことをいうんですよ。「認知症は脳が壊れる病気で、壊れていくのはお義母さんのせいじゃない。また、腹の底であんたを悪く思っていたということでもない。『あんた誰？』と聞かれたら、『初めまして、セツコと申します。今日からよろしくお願いします』といいなさい」と。

久坂部　ははあ、なるほど。

釈　一年半ほどしてまたその奥さんがやって来て、「母が亡くなりました。和尚さんにいわれたとおりにしてよかった。『初めまして』と挨拶すると、母も機嫌がいい。私も腹が立たず、最後まで憎み合わずに済みました」といったそうです。明日は入院するという日、朝食をもっていったら、「ありがとう、世話になったな。あんた、心優しい、ええ人や」といわれたと。「でも、あんたが足元にも及ばんええ人がおる」「誰ですか」「うちの嫁やねん。あの人にありがとうがいえへんかったのが心残りや」。それで泣けて泣けて。

久坂部　短編小説みたいですね（笑）。

釈　「そのお嫁さんはいまどこにいるんですか」と聞いたら、「もう死んだ」と答えたらしいんですけど（笑）。これ、よくわかるんです。日常の記憶も、目の前の人が誰かという理解もガタガタに崩れたような人でも、「これは自分にとって大事な人だ」という意識は最後まで残る。これも、いってみれば自分の都合なんです。だから、人は認知症になってさえ、最後まで「自分」にすがって生きざるを得ないという業《ごう》みたいなものも感じるんですが。

久坂部　でも、それは人として自然な気がしますけどね。そういう業が完全に消えた状態が悟りでしょう。でも、普通は無理で（笑）。

釈　はい、普通は無理です（笑）。

久坂部　「あんたは娘だ」といわれれば娘になり、「学校へ行ってきたな」といわれたら、「行ってきました」と答える。それが認知症の人への良い対応だと思います。誰でもそういう状態になる可能性があるわけですから。大事なのは、認知症を理解することと、普段から心の準備をしておくこと。

「天の恵み」か「老いのメカニズム」か

久坂部　いまいわれたように認知症には周辺症状のイメージが強いので、自分が認知症になることを恐れる人は多いですよね。でも、私がこれまで診てきた患者さんの中に、認知症になったことを悔いている人は一人もいません。「自分が失われるのはいやだ」「子どもに迷惑をかけたくない」といっていた人でも、実際になってしまったら、そんな不安は全て消え去る。病気の心配もなければ、死の恐怖もない。私の父もそうでしたけど、最後に死を恐れずに済むのはありがたいことだと思うんです。

釈　久坂部先生のお父さまは麻酔科のお医者さんだったにも関わらず、医療を信用せず、健康にも気を遣わず、自由奔放に生きられたそうですね。晩年、がんと認知症になられたお父さまを、先生は最期まで介護された。しかも、お父さまへの感謝の気持ちをもってそれができたと。

久坂部　父とは反りの合わない部分もありましたから、正直、介護の最中にはむかつくこともあったんです。でも、よく考えたら、父には本当に世話になった、好き放題もさせてもらった。しかも、うちの父は老いを受け入れて抵抗せず、「世話になるな、ありがとう」という気持ちの人だったから、尊敬や感謝の気持ちも湧いたんです。そうしたら、導尿の管を入れ替える、摘便するといったことも、自分でできることに喜びを感じるようになりまして。

釈　お父様は、摘便されている最中に笑い出すような面白い方で（笑）。

久坂部　痛い、痛いといいながら、「そのへんに笑いのツボがあるみたいや」などといって（笑）。結局、最後は、半分あちら側の世界へ行ったような状態で亡くなりました。頭がしっかりしていて、死ぬことを恐れながら亡くなる人はかわいそうですよ。「認知症は天の恵み」ともいわれます。そう捉えれば、恐れることはないと思います。

釈　ある種の「老いのメカニズム」とも考えられますからね。

メディアに出るのはイチロー級の高齢者

釈　ところで、久坂部先生は以前、外務省の医務官をされていたそうですね。どうして高齢者医療に携わるようになったんですか。

久坂部　外務省に入る前は、神戸の病院で外科医をしていました。そのとき、周囲の若い外科医たちが治らない患者さんへの意識が低いことに疑問を感じ、自分は

釈　ターミナルケアみたいなことを一生懸命やったんです。でも、当時はがんの告知できず、何もできないまま、患者さんは亡くなっていく。それがつらくなっていたとき、外務省が医務官を募集していることを知りまして。サウジアラビア、オーストリア、パプアニューギニアと合計九年間、海外にいました。

その後、日本に戻って作家になられたんですね。

久坂部　高校生のころから小説家になりたかったんですが、なかなかデビューできずにいたんです。帰国したときは四二歳で、もう後がない。それで外科医を諦め、デイサービスを併設した高齢者向けのクリニックで働き始めました。それがデビュー作『廃用身』の舞台になった施設です。

そこで初めて、お年寄りの悲嘆に触れたんです。腰が痛い、耳が遠い、目まいがする。どれも年を取ったら当たり前だろうと思うようなことを、「こんなふうになるとは思わなかった」「なんでこんなことになったのか」と嘆いている。老いに対する心の準備がないことが、無用の悩みを生んでいることを痛感しました。理由として、いまは「高齢でも元気で生き生きと生きられる」という情報が氾濫している。メディアに出るのは、八〇代でエベレストに上りました、九〇代で毎日農作業をしています、という人ばかり。こういう方々は、野球でいえばイチローのような存在で。

釈　すごくわかりやすい例えです。

久坂部　それが基準のようになって、アンチエイジングだ、死ぬまで現役だ、と皆が浮かれて空ばかり見ているから、現実の老いに嘆くことになる。人間は必ず老います。老いれば目も見えなくなるし、味もわからなくなる。物を食べればむせる、便秘になる。それが当たり前と思っていれば、気楽にいられるじゃないですか。私が人の嫌がるようなことを書くのも、決して意地悪ではなくて（笑）。

釈　親切なんですよね（笑）。最近はお年寄りと暮らす人が少なくなったことも、老いを理解できなくなった一因かもしれません。健康食品でも医療でも、どんどん幻想を抱かせる方向に進んでいる。がんの治療法も新しいものが次々に出て、どんな状態でも助かるように思えてしまう。現代人は、諦めることが苦手になっていると思うんです。仏教用語の「諦める」には「明らかに知る」という意味もあるんですけど、そういう訓練もないまま問題を先送りし、最後に逃げ場がなくなって苦しむようになっている。

久坂部　それは医療者も悪いんです。患者さんに頼られると、「これ以上治療法はありません」「諦めてください」とはいえない。患者さんの期待に応えたいという善意と、自分の権威を守りたいという欲求との板ばさみになっている。医療に対する世間の期待が高まり過ぎて、医療者も追いつくのに必死です。私がこういう問題についてはっきりものをいえるのは、医業で食べていないからです。

釈 先生の作品は、医療のうそやきれいごとにあえて切り込んでいきますからね。

久坂部 医療現場にいると、病気というものがいかに理不尽で残酷かということを、いやというほど見ます。何の落ち度もない人たちがひどい病に倒れ、嘆きと苦しみにのたうちまわって死んでいく。医師としてその姿を見てきた私が、ハッピーエンドやきれいごとの物語なんてとても書けませんよ。これは物書きとしての誠意の問題です。

「あるがまま」を受け入れる

釈 最近はだいぶ変わりましたけど、少し前まで、死の間際まであらゆる手を尽くして延命を図ろうとする医療が一般的でしたよね。意識のない患者さんにも、点滴でえんえんと栄養を補給したり。体液の循環が落ちているので、見ていると、あちこち浮腫みたいになって痛そうで。

久坂部 「点滴で溺れる」といういい方もありますからね。胃ろうをしたり、人工呼吸器をつけたり、強心剤を打ったりして、なんとか死なせまいとするけど、それで体が元に戻ることはありません。死なせない・生かせない状態を生み出したのは、一九八〇年代ごろから急速に医療が進んだことの弊害です。

釈　一方、自分で物が食べられなくなって、枯れ木のように痩せて亡くなる最期は意外と穏やかです。これも、一つの「死のメカニズム」だと思うんです。最近はそういう「自然死」を望む人も増えていますけど、さらに積極的な「安楽死」となると、どうでしょう。

久坂部　選択肢としては認めるべきだと思いますけどね。現実の医療現場には、本人や家族だけではなく、はたから見ても安楽死をさせてあげたほうがいいという状況が厳然としてあります。痛みや出血がひどい、息が苦しい。生きながら腐っていくような状態でも、いまは安楽死をさせると殺人罪に問われます。それを避けるには、安楽死の基準をきちんと定めて、クリアした場合にだけ許すようにすればいいんじゃないでしょうか。そのための施設やプロのスタッフを揃えることも条件に。

釈　安楽死は、実行する医療者の心理的負担も大きいですからね。

久坂部　オランダで安楽死法が施行される前、私設療養所で安楽死に携わったベルト・カイゼルという医師が、『死を求める人びと』というノンフィクションを書いています。そこに、安楽死を決めた人が、注射をもってきた医師に「やっぱりやめときます」といった話が出てくる。一見喜ばしいことに思えるけど、その医師はすごく怒るんです。一度安楽死を決めた人に、おいそれと気持ちを変えてもらっては困ると。そういう人がいるということは、これまで安楽死をさせた人だって、変えた可能性があるということですから。行う側にとって安楽死は、「この状況の中では誰がどこから見ても正しいことだ」という確信があるからできることで、それが少しでも揺らげば、たちまち「自分は人殺しをしている」という事実に向き合わざるを得なくなるわけです。

釈 厳しい話ですよねえ。点滴をセットして患者さんが順番にボタンを押していくと、最後に塩化カリウムが流れる、「安楽死装置」をつくった人がアメリカにいましたよね。あれだとお医者さんの負担は減るように思えますけど、心身の状態によっては自分でボタンが押せない患者さんもおられますし。

久坂部 私も『神の手』という小説で安楽死法をテーマにしましたが、本人が望まぬ安楽死が起きるリスクもあるわけです。人間関係のもつれとか、介護疲れとか。特に日本の場合、難病の患者さんが安楽死を選択したことを讃えるような風潮が出てくると、他の患者さんに対して、「あの人もそろそろ……」といった空気が生まれかねませんし。

釈 家族が圧力を感じることもあり得ますね。結局、人間の苦悩を全て救う方法はない。大事なのは、どんな事態でも引き受けられる心身を養うことでしょうか。

久坂部　最後はそこだと思います。パプアニューギニアにいたとき、こんなことがありました。国内で唯一手術のできる病院から麻酔医がいなくなり、手術ができなくなったという記事が新聞に出た。日本なら間違いなくパニックですよね。でも、あそこの人々は仕方ないと受け入れる。社説に「パプアニューギニア人は問題を解決することより、受け入れることに慣れている」と書いてあって（笑）。でも、よく考えれば、「受け入れる」は問題の万能解決策です。だから、ニューギニアの人たちは顔が穏やか。イライラ、ギスギスしていない。

問題を解決したいと願う限り、ああしたい、こうしたい、あれはダメ、これもダメと思って苦悩するしかなくなります。あるがままを受け入れれば、その苦しみから解放され、肩の力も抜けて「今」を本当にやりたいことに使える。ただし、これはなるようになる方法だから、決して安全ではありません。パプアニューギニア人の寿命も、日本人より二〇年近く短い。でも、リスクも含めて受け入れていかなければ、永遠に悩みは尽きないんじゃないでしょうか。

釈　受け入れた先に絶望しかないかというと、「その先にある喜び」みたいなものもありますからね。その意味でも、久坂部先生が物語を通して、老病死と向き合う道筋を示してくださるのはありがたい。それを読んで救われる人も多いと思います。

久坂部　そんなふうに読んでいただけたら、私も書き手冥利に尽きます。

生命の仕組みを知れば、「操作の時代」も怖くない。

大阪大学名誉教授、生命科学者

仲野 徹

なかの・とおる―1957年大阪府生まれ。大阪大学医学部卒業後、内科医から研究者になる。ヨーロッパ分子生物学研究所、京都大学などを経て、大阪大学大学院医学系研究科教授。2022年に退職し隠居生活。専攻は生命科学。著書に『エピジェネティクス』『こわいもの知らずの病理学講義』『(あまり)病気をしない暮らし』『みんなに話したくなる感染症のはなし』『からだと病気のしくみ講義』『仲野教授の 笑う門には病なし!』など。

この数年で飛躍的に「がん」がわかった

釈　仲野先生が二〇一七年に出された『こわいもの知らずの病理学講義』は、この分野の本としては異例の大ヒットになりましたよね。一般の人も楽しめる内容ですけど、広く読まれた理由をご自身ではどう思われますか。

仲野　それがよくわからないんです。そこそこ売れるかな、とは思っていたんですけど。というのは、医学関係の本というと、まず教科書、それから「こうしたら病気にならない」「こうすればがんは治る」といった、ちょっと怪しげな本があります。でも、普通の人が読むのに適した本は少なかった。私の本は、その隙間を突くニッチ産業といいますか（笑）。

釈　基礎医学の知識が体系立てて読めるうえ、面白い雑談や笑えるエピソードも盛り込まれています。全体の半分ほどでがんの性質や治療法を解説していますけど、いまはこういう知識が求められていると思うんです。先生はご本の中で、一般の人の医療知識はちょっとお粗末だというようなことを。

仲野　お粗末というか、断片的なんですよね。例えば、ご近所の人ががんで亡くなると、次に誰かががんになっただけで、「あの人ももうあかんな」という噂が流れたりする。がんは種類によっても、人によっても性質が全く違うのに、個別の事例をもとに考えすぎてしまうんです。そういうことを避けるためにも、少し基礎から知識を積み上げていただきたいと思ったのが、あの本を書いた動機です。

釈 もう一つ、がんのことは、この十年ほどでかなりわかりまして。

仲野 そうですか。それは興味深い。

がんゲノム、つまりがん細胞の全遺伝情報の解析が猛烈な勢いで進んだことで、それ以前にがんについて考えられていたことがほぼ全て正しいことがわかりました。だから、今後、がんに関する考え方が大きく変わることはおそらくない。治療法も、概念的に全く新しいものは出てこないと思います。その意味でいま、がんは勉強しごろです。

釈 がんは日本人の死因第一位ですけど、ご本の中では「がんを撲滅することは一〇〇パーセント不可能」ともいわれていますよね。

仲野 それは無理でしょう。まず、がんの原因は、生活習慣からウイルスまでじつに多様です。また、がんは一つの細胞の中でがんの発生に関わる五、六個の遺伝子に突然変異が蓄積して起きるんですけど、その過程でどんどん進化します。さらに、その蓄積は年齢と共に進むので、高齢化するほどかかる人も多くなる。

これは釈先生のご専門ですけど、まあ、人間、最後は何かで死ななければならないということだと思います。

医療情報に飛びつく心理

釈 先生は、話題になった「がんもどき理論」も、愚論だといわれていて。あれは、がんには「本物のがん」と「がんもどき」があって、本物は手術や抗がん剤では治らない、もどきは転移しない。だから、どっちにしても放っておけばいいという話ですよね。

仲野 あの考え方は、それぞれのがんの性質は固定したもので、いつまでも変わらないという前提の上に組み立てられているんですよね。いまいったとおり、がんが進化することを考えれば、これはまさに暴論です。

釈 私はこの理論そのものより、こういう話に飛びつく心理のほうに興味があるんです。いまは医療情報が氾濫して、黙っていてもどんどん入ってくる。だから、ある種の予期不安というか、まだ起きてもいないことに対する不安を抱えやすい。そこで「放っておけばいい」といわれると、パッと飛びつく気持ちもわかるんです。

仲野　何もしなくていいなら気が楽ですからね。ああいう本は書き方も断定的だから、そのまま信じ込む人が少なくない。でも、思えば昔は医療現場でも、「うそも方便」みたいなところがありました。いまはインフォームドコンセントの時代なのでもちろん許されませんけど、お医者さんの中には「昔のほうが患者に希望をもたせやすかった」という人もおられます。

釈　私の印象では、一九七〇年代ごろから、一般家庭でも『家庭の医学』のような本を家に備えるようになった気がするんです。それまでは全てお医者さん任せだったのが、あるときから自分で医療情報を手に入れるようになった。そうやって情報を集めて安心できた面と、かえって不安になった面がありますよね。

仲野　そうですね。私が医学部を出たのが八一年ですけど、そのころから医学は爆発的に進歩しました。その前は効く薬も治療法も少なかったから、勉強してもあまり意味がなかった。実際、七〇年代くらいまで、人は割と簡単に死んでいたように思います。でも、その後は医学の進歩によって、そう簡単に死ななくなった。そうすると、「自分も死にたくない」感が。

釈　病気になっても、何かしら助かる手だてがあるんじゃないか、一つがダメでも別の方法があるんじゃないか、と考えるようになった。知っていれば助かるけど、知らなければ助からない、という感覚に。

仲野　それなら勉強しよう、ということになったんじゃないでしょうか。

「知ること」のリスクも考えよ

釈　ご本の中で女優のアンジェリーナ・ジョリーさんが乳がん予防のために乳腺切除の手術を受けた話に触れて、「遺伝子検査などで病気に対するリスクを調べるなら、その結果起きることも含めて考えよう」とあって感心したんです。最近は胎児の出生前診断なども、「念のため」という感じで、割と気軽に受けるでしょう。異常が見つかったときの対応まで深く考えず。それでいいのかなと思っていたんです。

仲野　そこは大問題なんです。日本では二〇一八年から、新型出生前診断というのが一般病院でも受けられるようになりました。これは妊婦さんの血液を採って胎児の染色体異常を調べるもので、母体への負担が少ない上、精度も高い。最終的に羊水の染色体検査などで異常が確認された場合、九割以上の人が人工中絶を選ぶという報告があります。考えたら当たり前で、異常があっても中絶しないという人は、そもそもそんな検査は受けないでしょうから。

釈　そういうことですよね。

仲野　今後はこの検査がもっと普及すると考えられてますけど、妊婦さんの中には「私は受けません」という人もおられて当然です。そのとき、染色体異常などを抱えたお子さんを世の中が受け入れていけるかどうか。そういう子は、偶然生まれてくるから許容できる面がある。それを「選べる」ようになったとき、「母親が検査を受けないから、こういう子が生まれた」という話になりかねない。

釈　社会的な圧力が生まれるかもしれない。

仲野　最近は、リベラル優生学とかネオ優生学と呼ばれる思想が注目されています。昔の優生学のように国家からの強制ではなく、個人の自発的な選択で親にとって望ましい子どもをつくることを支持する考え方です。これをどこまで認めるかは非常に難しい。

知るべきかどうかの問題は、ゲノム解析にもいえます。以前は一人の人間のゲノムを読むのに何百万円もかかったのに、いまは一〇万円以下。ならば、調べようかと思うでしょ。でも、これも簡単に調べていいものか。例えばがんにかかったとき、その原因を知ろうとがんゲノムを調べて、先祖から受け継いだ別の遺伝子異常が見つかることもあります。

だいたい、ゲノムを調べて「この病気になる確率が〇パーセント」なんていわれたら、気になるじゃないですか。私はいまから三〇年ほど前、狂牛病がはやっていたころドイツに住んでいたんで、いまだにリスク保持者として献血ができないんですよ。

釈 狂牛病って、そんな昔の感染で発症することもあるんですか⁉

仲野 あり得るとされています。私、こう見えて、意外とウジウジした性格で。あれは、脳がスポンジ状になる病気ですから、少し忘れっぽかったりすると、「ついに来たか」と思ってしまう（笑）。遺伝子を調べるということはそういった心配を背負う可能性もあるわけで、自分の性格も含めて事前によく考えたほうがいい。だいたい、ゲノムは究極の個人情報ですし。

釈 昔は医療情報を集めるにはある種のスキルが必要でしたけど、いまはむしろ、自分にとって必要のない情報をいかにカットするかが重要になってきていますよね。

仲野 そうです。ちなみに、がんや生活習慣病を避けるには、「タバコは吸わない」「食べ過ぎない」「バランスよく食べる」「適度な運動」が大事です。これ、じつは認知症も一緒です。現代人がかかりやすい病気の多くがこれで予防できるなら、ゲノムなど調べずとも、日ごろからこのとおり節制して暮らせばええのんちゃうかと、個人的には思います（笑）。

世界一「脳死」を議論した日本人

釈　仲野先生のご専門は「エピジェネティクス」という生命科学でも注目の分野ですよね。生命の本質にも触れるようなご研究だと思うんですけど、少し素人にもわかるようにご説明願えますか。

仲野　ヒトのゲノムにはだいたい二万個の遺伝子があるんですけど、エピジェネティクスは、それらの発現を制御するメカニズムの一つです。ざっくりいうと「DNAの塩基配列の変化なしに、細胞がある状態を記憶する現象」ということになります。例えば母親が妊娠中に飢餓を経験すると、その状態が胎児の細胞に記憶され、大人になってから過剰に栄養を取り込んで肥満や糖尿病になりやすくなったりする。もとの遺伝情報に上乗せされる現象なので、人に話すときは「遺伝情報への上書き」といっています。

釈　ああ、それはイメージしやすい。

仲野　私自身は、精子と卵子が受精によってあらゆる細胞に変化できる状態にリプログラミングされる部分の研究をしていたんですけど。

釈　生命倫理の問題がからみそうなご研究ですね。

仲野 自分はマウスを使う実験しかしていなかったんですけど、ヒトの精子や卵子、受精卵を使う実験になると、倫理的なしばりが厳しいです。例えばヒトのES細胞は人工授精で作成した受精卵からつくるんですが、その受精卵を冷凍保存しておくにもお金がかかるので、いらなくなるとチャーッと捨てるんですよ。それを匿名で寄付してもらって、ヒトES細胞の作製に使う。でも、そもそも捨てていいのかという問題も。

釈 着床すればヒトになるものですものね。

仲野 それを日本では、「生命の萌芽の滅失を伴う」という言い方をします。「生命」ではなくて「生命の萌芽」。生命の捉え方は、宗教や文化で異なりますよね。例えば、カトリックでは「受精卵は生命」と考える。アメリカでも、キリスト教原理主義者のジョージ・W・ブッシュ大統領時代には、国家予算でヒトのES細胞を研究することは原則禁止されていました。あと、聞いた話では、ユダヤ教では神経系の発生をもって生命と認めるとか。なんでそんな細かい話になるのか知りませんけど。

釈 おそらく、痛みを感じる能力の有無が基準になるんだと思います。

仲野 一方、仏教の考え方では、命には終わりも始まりもないと。

釈 はい、仏教では「生と死は連続している」と考えます。ここからが生命で、

仲野 ここからが死であるというふうには考えない。だから、仏教国は生命倫理に比較的甘いといわれますけど、日本はちょっと違うでしょう。

釈 日本では、もう少し感情的な生命論が主流ですよね。例えば脳死をどう考えるか。脳死状態の人は、見た目は寝ているみたいで触れば温かい。日本人はそういう体から臓器を取り出して使うことを、感情的に受け入れにくいところがあります。

じつは脳死の議論って日本発なんですよ。考えてみれば、キリスト教文化圏は中絶にはすごく厳しいのに、脳死は臓器移植の技術ができたら割とあっさり始めた。カトリックでは、臓器移植を愛の行為だと認めています。反対に、日本では中絶にはあまりうるさくないのに、脳死の問題は世界でいちばん議論している。技術ができてから一〇年近く踏みとどまって、その議論も大変深いものになったので、むしろ日本で臓器移植が認められたころから、フランスやドイツでも日本人の考え方に耳を傾けようという空気が生まれたりしたんです。

生命倫理は時代で変わる

仲野 生命操作でいうと、中国は許容度が高いですね。二〇二〇年にノーベル化学賞を受けた「クリスパー／キャス9《ナイン》」というゲノム編集技術を使うと、受精卵の中の異常な遺伝子を正常化できるんです。当面は禁止ですが、いずれどうなるか。中国は倫理的な足かせが少し緩いとされています。一七年には国の最高研究機関である中国科学院がサルのクローンを誕生させていますけど、ヒトへの応用を視野に入れていないなら、やる意味がほとんどないはずでしょう。

釈 クローン人間をつくることは、いま人類が共有する最大のタブーですよね。でも、それも比較的寛容な国とアレルギーの強い国がある。中国は科学礼賛の傾向が強くて宗教議論も深まりにくく、暴走しやすい面があります。そもそも科学者には、可能性があれば、その方向に突き進む気質があるでしょう。

仲野 また、かつてはそれが一〇〇パーセント許されていたんです。状況が変わったのは、第二次世界大戦下にひそかに原爆製造を目指したマンハッタン計画以後。あれでアメリカの原爆開発が進み、最終的に広島、長崎の悲劇をもたらした。その反省から、科学技術の利用にも制限がいるという議論が起きました。

これと似た経緯は、遺伝子組み換え技術にもあります。この技術を使えば殺人細菌もできかねないなどという危惧から、七五年に世界中の科学者がカリフォルニア州のアシロマで会議を開き、自発的に研究の一時停止と実験への規制を決めた。この規制はその後、緩和されていまに至るわけですけど。

釈　難しいのは、原爆や殺人細菌なら誰もがいけないと思いますよね。でも、受精卵の操作を全ての人が悪いと思うかというと、そう思わない人もいるわけで。

仲野　確かにそうですね。

釈　現代は生命倫理の捉え方が難しい時代ですけど、そもそも生命倫理は時代で変わります。代表例が体外授精。いまから四〇年ほど前にイギリスで世界初の試験官ベビーが生まれたとき、医療者も宗教関係者も〝悪魔の子〟みたいにいいました。それが、いまや日本人の十数人に一人が体外授精で生まれている。それを倫理的に問題だという人は、もうほとんどいません。

ゲノム編集で生み出すデザイナーベビーも、いまは国が規制しているけど、将来はわからない。親が「賢い子がいい」と望んでそういう子が生まれても、賢ければ幸せになるわけじゃないですよね。そのとき、親子関係までギスギスする可能性が……。

仲野　生まれる前から「こんな子がいい」と条件設定して、クリアしたら受け入れるという態度ですからね。本来、人間関係の根本には「かけがえのなさ」があるはずですけど。

仲野　唯一性ですよね。

釈　科学技術で家族まで交換可能な人格としてデザインできるようになれば、そういうかけがえのなさも失われるかもしれない。近代以降、家族の概念は揺らぎ続けてきましたけど、さらに深く社会の基盤が揺さぶられそうです。

仲野　しかも、生命操作にはお金がかかる。米国のリー・シルヴァーという分子生物学者は、九〇年代に書いた『複製されるヒト』という本で、将来、富裕層の中から遺伝子操作で優れた能力を身に付けた「ジーン・リッチ層」(すなわち「遺伝子富裕」層)が現れると予言しています。やがてはジーン・リッチ層とジーン・プア層(すなわち「遺伝子貧困」層)の間で、子どもも生まれなくなるだろうと。まぁ、これは半ばSFですが。

釈　恐ろしい話だなあ。

仲野　だから、技術的には可能なことでも、実際に選択するかどうかにはしっかりした議論が必要です。そのためには、国民の科学リテラシーを上げないと。

ピュリッツァー賞を受賞したムカジーという医師の『遺伝子―親密なる人類史―』の日本語訳が二〇一八年に出たとき、監訳を担当したんですけど、そこには遺伝子の歴史からゲノム編集のことまでくわしく書かれています。いまやこの本の内容程度の知識がないと、議論もできない。「そんなもん知らん」という態度では、大きな流れから取り残されるか、もしくは強烈に巻き込まれるか、どちらかになりかねない時代になってきたと思います。

どこまでいっても思いどおりにはならない

釈 おっしゃるように、人類は「できるけど、やらない」という選択肢も考えなければいけませんね。歴史の中でそういう選択を繰り返してきたのが、ユダヤ民族です。あの人たちのタフなマインドや知性は、そこで鍛錬されたと思います。

ただ、生命倫理の問題は、あまり局所的に見てもうまくいかない。「この技術は人間や社会にとってどうなのか」という大きな視点で提案していくことも必要でしょうし、それぞれの選択に対して制度を整えていくことも大事だと思います。例えば、「生む」「生まない」のどちらを選んだ人に対しても、ケアや制度が用意されているというように。

仲野 なるほどねえ。

釈　もう一つ、今日お話を伺って改めて感じたのは、どれほど科学が進歩しても、生命の問題は自分の思いどおりにならないということです。さまざまな生命操作も、思いどおりにならない事態を先延ばししているにすぎない。最初に先生がいわれたように、何をどう取りつくろおうと、人間、最後は死んでいかなければなりませんから。

仲野　そうですよね。その意味で、日本人は死ぬことを縁起の悪いことと考えすぎじゃないでしょうか。普段から病気や死をもっとおおらかに捉えて、差し迫る前に話し合っておいたほうがいいのに、それをしないから話がややこしくなる。
　日本人は、死を視界から隠すところがありますよね。以前ある病院で「死」をテーマにしたシンポジウムをやったとき、院内にそのポスターが張られるのを患者さんたちが嫌がって。最終的に納得していただいたそうですけど、いまだに数字の「四（死）」や「九（苦）」を避けるような言霊《ことだま》信仰も残っています。人知の及ばないものに畏れを抱くことは大事ですけど、それによってうまく死と向き合えない面もある。

釈　もう一つ、日本人は古くから死を穢《けが》れと考えてきました。家族を亡くした人は穢れのある状態とされ、その人に触れることでも穢れが移ると考えられた。そういう人たちが守るべき忌中や喪中の期間を細かく定めた「黒不浄《くろふじょう》」の法律も、明治時代まで生きていました。そんなふうに死を厭《いと》う感覚が、いまも社会の隅々に染みついていることも問題かもしれません。

あれこれやって思考を鍛える

釈 結局、生命倫理の問題は境界線が曖昧ですよね。そういう問題を考えるには、普段から思考や情緒を鍛えておく以外ない気がします。

仲野 それはよく学生にもいってました。何が正しいかはわからないけど、最新の知識を得て、「自分はこういう理由でこう考える」というところまでは考えておいてくださいと。それには勉強だけしててもあかん。本を読んだり、映画を見たり、旅をしたりしないと。

釈 仲野先生ご自身も大変な読書家で、書評の面白さにも定評があります。また、読書に限らず、すごく多趣味で。ずっと義太夫をされていますけど、義太夫って難しいでしょう。五年や一〇年では、とてもあんな声出ない。

仲野 出ませんねえ。あれは聞くより語るほうが一〇〇倍難しい。

釈 なぜ習おうと思われたんですか。

仲野 何か習い事をしたいと思って、最初はサックスを考えたんです。でも、あれ

釈　は楽器がいりますよね。私、飽きっぽいから。

仲野　初期投資はあまりしないでおこうと。

釈　といいつつ、始めるときは道具をきちんと揃えたいタイプなんです。「面倒くさい人」といわれるんですけど（笑）。それでサックスはやめて、歌舞伎や文楽を見に行くのが好きだから、義太夫をやってみようと。習ってみて驚いたのは、教則本が一切ないこと。口伝《くでん》なんですけど、師匠のいわはることが結構変わったりする。

仲野　科学の世界とは全く違いますね。

釈　そこが新鮮だったし、学ぶことも多いです。よく学生が「プレゼンで頭が真っ白になりました」というのを聞いて、「それは練習が足らんからや」と叱っていたんですけど、自分の義太夫の発表会、頭、真っ白になります。以来、学生にも優しくなって。面白いのは、何百回も同じフレーズを繰り返すと、登場人物が憑依《ひょうい》してくるんですよ。外を歩きながら練習するんですけど、だんだん憑依して声が大きく……。

仲野　不審者じゃないですか（笑）。あと、旅行もお好きですよね。時間があくと、世界中を旅されて。

釈　僻地旅行が好きなんです。たいそうないい方をすると、いま自分がどんな世界に生きているかを知りたい。実は私、四〇代後半のころ、精神的にたそがれていまして。それで五〇歳のとき、意を決してキリマンジャロに登りました。半年ぐらい前から本気でトレーニングしたら意外と鼻歌混じりで登れて、残念ながら人生観が変わるにはいたりませんでした。それから、ブータンにも行ったんですけど、人がすごく幸せそうなんです。

それで、同じツアーにいた人に「ブータンは幸せな人が多いですね」といったら、「仲野さん、幸せですか」と聞かれて。ちょっと考えたんです、どうも自分は幸せかどうかを他人と比べて判断していないかと。よく見ると、ブータンには一日中お経を上げている人がいる。ガイドさんに「あれは自分の幸せを祈っているんですか」と聞くと……先生、おわかりですか、何を祈っているか。

釈　いいえ、わかりません。

仲野　「みんなが来世も人間に生まれ変われるように」と祈っているというんです。あちらは輪廻転生を本気で信じていますから。

釈　輪廻転生では、捉える時間軸が長いですからね。この人生だけが問題じゃないので、幸福度は上がる気がします。

仲野　そんなこんなで、これからは自分の思いのままに生きていこうと。その少し後ぐらいに釈先生に初めてお目にかかったんですけど、そのとき先生は「巻き込まれキャンペーン中」で。

釈 人から頼まれたことは全て引き受けて巻き込まれる、という活動をしていました（笑）。

仲野 そのお話に刺激を受けたところ依頼されて書いたのが、最初に触れていただいた『こわいもの知らずの病理学講義』なんです。

釈 そうでしたか。ああいうご本はいま本当に求められていると思いますから、これからもぜひどんどん書いてくださいね。

仲野 あれが売れたおかげで、その後もずいぶん依頼をいただいて。ハイ、これからもしっかり頑張ります（笑）。

「ヘンな日本画」には日本人の秘密がある。

画家

山口 晃

やまぐち・あきら―1969年東京都生まれ。群馬県桐生市に育つ。96年東京藝術大学大学院美術研究科絵画専攻（油絵）修士課程修了。大和絵や浮世絵の様式を取り入れつつ、異なる時間と空間を自在に混在させ、風景や人物、建築物を緻密に描き込む画風で知られる。国内外展覧会多数。パブリックアート、新聞小説や書籍の挿画など広く制作活動を展開する。2012年平等院養林庵書院に襖絵を奉納。13年『ヘンな日本美術史』で第12回小林秀雄賞を受賞。他の著書に『山口晃が描く東京風景』『山口晃作品集』『山口晃大画面作品集』『すゞしろ日記』『山口晃親鸞全挿画集』などがある。

「普通」はいつから「ヘン」になったか

釈 古代の社会では、宗教者とアーティストの間に、はっきりした境目がなかったと思うんです。アーティストはときに宗教者であり、宗教者はときにアーティストでもあった。どちらもある種のトリックスターといいますか、人が無意識にもっている枠組みを揺さぶろうとするところが似ていると思います。

山口さんの『ヘンな日本美術史』というご著作を読ませていただいたんですが、これも日本の美術について皆が「こうだ」と思い込んでいることに対して、ちょっと立ち位置をずらすことで意外な面白さを見つけようというご提案に思えたんですけど。

山口 そもそも私自身、きちんとした美術史からはずれているような人間でして。その本も体系的な分析はほとんどなくて、中身は当人の思い込み、自分では「美術感想文」と呼んでいます（笑）。

ただ、いまの一般的な美術史から見ればヘンなものが、実はまともだということもあるわけです。私のように西洋由来の美術教育を受けた人間には違和感に満ち溢れて見えるものも、江戸時代の日本人には普通だったわけですよね。

日本美術の中でも、現代人がヘンに思うものにはどこかに過去との断絶がある。あえてそこに目を向けたいという気持ちがありました。

釈 近代化の前と後では、日本人のアートに対する感性も、かなり変わったということでしょうか。

山口 幕末と明治の初めでは、いる人間がほぼ同じですから、作品的にも重なる部分が大きいんです。それが江戸中期と明治後期ということになると、関連性が切れている部分がある。でも、意図して断絶させた節はないんです。

釈 ほう。

山口 例えば、遠近法。これは西洋から入ってきたもののようにいわれますけど、日本でも、遠くのものを小さく描いたり、近景、中景、遠景を描き分けたり、物を重ねて描くときは手前の物の線を優先するといった、「目の置き場による遠近化」は昔から普通に行われていました。だから、西洋の遠近法である透視図法（ある一点から見て、遠くのものを小さく、近くのものを大きく描く画法）が輸入されたときも、自分たちがやっていたことの一バージョンとして取り入れたと思うんです。

ところが近代以後、日本画でも西洋式にパース（遠近）をつけた絵のほうが普通になります。例えば、幕末から明治に活躍した浮世絵師の月岡芳年《つきおかよしとし》は、浮世絵のような平面的な絵と西洋的な遠近法を使った絵の両方を描くことができました。でも、芳年の次の世代になると浮世絵師は消え去り、西洋的な絵しか描けない人ばかりになる。それは、浮世絵の妙にデザイン的、平面的なコンポジションを「空間把握に劣る」と攻撃する人たちがいて、「ヘン」が地続きでなくなった例だと思います。

「奥行き」へのただならぬ熱意

山口　そもそも、遠近の表現法を世界全体の美術史から見れば、むしろ西洋のほうが特殊です。人間は普段、二つの目とさまざまな知覚を使って風景を捉えていますけど、西洋の透視図法では、描こうとする風景全体をあたかも一点から見たように補正して画面をつくる。これは西洋でもルネサンス以降に完成した手法です。東洋ではもう少し知覚優先というか、実感にもとづいた表現がされてきたんです。

釈　京都の西本願寺に、安土桃山時代の書院が残っているんですよ。そこで門主が門徒と対面する間《ま》のふすまに中国風の絵が描かれているんですけど、これは遠近法が逆なんです。つまり、奥へ行くほど広がって見える。絵の前に座る人を大きく見せるための仕掛けともいわれますけど、これもいまいわれた知覚優先の結果と考えられますか。

山口　そのあたりは不勉強ですが、私も絵を古めかしく見せたいときはパースをつけずに描くことがあります。例えば机を描くとき、両側の線をすぼまらせず平行に描くと、奥が広がって見える。ですから、ひょっとするとその逆遠近も、絵師が風景全体に同じ定規を使ってズッと描いたことで、奥が広がって見えるタイプのものかもしれません。単純に絵師の腕の問題で、もろに開いて見えるものもあります（笑）。

私、日本人が空間表現で大事にしてきたのは、遠近より、「奥行き」だと思うんです。

釈　奥行きですか。

山口　私も以前、西本願寺で国宝の「白書院《しろしょいん》」を拝見しまして。そのとき、あのふすま絵を描いた人たちの奥行きに対する異常なほどの感受性に驚きました。それに気づいたのは、手前のなんということもない部屋で「ここに荷物を置いてください」といわれたときなんです。「暗いでしょう」と、ご住職が雨戸を開けてくださった。その瞬間、ふすまに描かれていた竹林の絵に、ワーッと奥行きが出たんです。

単に光が当たっただけでは、あんなふうにならない。よくよく絵を見ると、金粉が墨で描かれた竹の間を縫う霞のように、手前の竹は蒔き残し、奥の竹の上には蒔いてある。それによって空間のレイヤーができ、光が当たることで奥深い空間が生まれる。絵を奥へ奥へ行かせようとする、ただならぬ熱意を感じました。

釈 それは西洋の絵画とはまったく違う空間の表現ですよね。どこからきたんでしょうか、その奥行きへの執着心は。

山口 出どころはわかりませんが複数あって、山水画などでモチーフの一部を描き残してその際をぼかすと、雲や霞に見えて手前が雲・霞、後ろにモチーフといった具合に奥行きが生まれる。また、筆の描法は輪郭線を強く残すときはただ描くとのっぺりしてしまうので、墨の含ませ方に濃淡を作ったり、筆勢や抜き重ねに留意したり、輪郭の外側に隈をつけてその背景から浮き上がらせたりと、描法や画材の制約がむしろ空間性への感受性を育てたと思います。

ふすまという建具の条件も大きかったのかもしれません。墨の伸びを良くするために紙を叩いて平滑にするんですが、そうすると反射率が上がって、それを張ったふすまの下の方は畳からの光の反射で明るくなって、その部分が地面のように見えてそれだけで奥行きが出るんですね。それがヒントで、金という画材が更に可能性を広げた。

釈　図様としての奥行きと物質の現象としての奥行き、画材や環境へのアプローチから生じてきたのでしょうね。

山口　奥行きに心地さを感じるような、脳の仕組みもあるかもしれませんね。

釈　少なくとも、気持ちはいいですよね。目が手前で止まらずに、スーッと奥へ引き込まれていくときの解放感は。

大事なところは大きく無関心なところは小さく

釈　知覚優先といえば、「洛中洛外図」みたいなものにも、描き手の印象がかなり投影されていますよね。例えば江戸初期の絵師、岩佐又兵衛の作とされる「洛中洛外図屏風（舟木本）」を見ると、秀吉ゆかりの方広寺がやたらと大きい。ちょっとでかすぎるくらいです（笑）。それに対して、西本願寺なんかはやけに小さく描かれている。

同じことは、屏風絵を見ても思うんです。特に京都は法華の町衆がつくったような街ですから、屏風絵ではよく法華宗のお寺が大きく描かれています。大事なところは大きく、興味のないところは小さくというふうに、描き手の思い

山口 入れがそのまま絵に表れている気がするんです。

釈 まさに。洋の東西を問わず、人物画などでも近代以前のものは、画家から見て興味のある人、偉い人は大きく描かれ、そうでない人は小さく描かれます。お父さんよりお母さんのほうが大きい、というように(笑)。

山口 あはは。日本文化は強調すべきところは強調し、いらないところは思い切って省略し、現実を「記号化」して伝えることが得意ですよね。絵画でも、そういう記号を描き手と受け手がやり取りして楽しむところがあるんじゃないでしょうか。

釈 はい。やはり、絵はその国の精神から生まれますから。日本のように和歌の国なら、その季節に描くものも基本的に決まってしまう。これもある種の記号化ですよね。そこでいかに自分ちの庭に出てくる雑草を「これが僕にとっての春だ」と主張しようとも、「何でっか、それ」で終わり。一方で、絵の外からつながる約束事によって、春の花を描けば春の絵だとラクに伝えられます。
　そう考えると、日本文化圏でマンガやアニメが突出して発達したのもわかる気がするんです。「汗をかく」「血しぶきが上がる」といったマンガ特有の記号を使うことで、描き手は多くの情報をギュッと圧縮して伝えられる。一方、読み手はそれを自分の中で解凍し、何倍にも膨らませて楽しめます。

落語のような芸能も、記号で成り立っていますよね。噺家が手を両膝に置いたら男性、片膝の上で重ねたら女性、あるいは、こうやって（コップをもつしぐさ）飲んだらお水で、こうやって（肘を横に張って猪口《ちょこ》をもつしぐさ）飲んだらお酒とか。

山口 ああ、いいですね。

釈 落語、お好きなんですか。

山口 大好きです。

釈 そうですか（笑）。こういう約束事は、江戸時代にかなり発達したと思うんです。

山口 江戸時代に国を閉じたことで、文化が深まる代わり、横に広がった面がありますよね。

釈 あ、閉じると広がりますか。

山口 同じ位相の中でバリエーションが出るといいますか。外から入る情報量も少ないので、「外国の絵」というサンプルが一つでもあったら、それがワーッと広がり、たちまちにして咀嚼《そしゃく》される。最初は珍奇と思われた絵柄も、またたく間に類型ができて新しいスタイルの絵が生まれ、絵の題材や約束事も飛躍的に増えていく。ただ、僕なんかは、江戸時代の絵はお約束が多すぎて……。

釈　あまり面白くない（笑）。

山口　ちょっとそう思います（笑）。現代でも日本人は油断するとすぐ「リアル」を型化してしまう。型から型への引き写しになると、型だけ見て現実が見えなくなる。型が力を発揮するのは、型を通して「実」が見えるから。そのためには型が指し示す現実を知っていなくてはなりません。得意なだけに足を取られるんですね。

「お約束」からはみ出すもの

山口　江戸より前の中世だと、お公家さん向けにお約束に満ちた絵が描かれる一方、そこからこぼれ落ちるものの幅も広かったように思うんです。そちらは町絵師に流れたりして。

釈　暴れっぷりが見事というような絵も。

山口　ありましたよね。考えてみれば、日本文化の約束事からどう抜けるかは日本美術史の大問題で、近代人は意図的に抜けようとしますが、前近代にも、西洋から伝わってきた版画をたまたま見ちゃったとか、いまいった自分ちの雑草に妙に執心したりとかで（笑）、いくらお師匠さんに「違う！」といわれても、そこからはみ出てしまう人がいたと思います。そういう人が新しい流派を興したり。

釈 そこからお約束が崩れていくわけですね。

山口 とはいえ、やはりその時代の文化のなかにいるので、良い加減に折衷《せっちゅう》になったんじゃないでしょうか。七割方は約束事のぬるま湯に浸かりながら、そこからちょっとはみ出た部分で違うことをする。そのお弟子さんの代になると、半分ぐらいはみ出てしまって、さらにその弟子は完全に古い湯船を飛び出して、好きに描き始めるような流れがあったと思います。

大事なのは、そういう変化が急に起こらないこと。時間をかけて変わっていけば、描いた絵が珍奇すぎて人に理解されないとか、新しい絵がわからなくて疎外感を感じるといったこともないですから。

釈 近代以前の絵師には、自分らしいオリジナリティーを発揮したいという自我みたいなものはあまりなかったんですかね。

山口 よく芸術家にはオリジナリティーが大事だといわれますけど、江戸時代までの絵師は、基本的にお師匠さんと同じ絵が描けるのがいちばんうれしかったと思うんです。職業絵師、職人ですから、まずはその流派の絵が描けなければ看板も上げられない。教養・技量として古典の型をふまえつつその型によって自分の体が開かれて、自分を十全に使えるようになるというのが何より大事。技芸を極めるとの思いはあったでしょうが、結果それが新しい型になってゆくというような副次的なオリジナリティー。

釈 基本は前例踏襲で、自分が所属する流れに沿っていく。それでもはみ出すものが、その人のオリジナリティーだと。

山口 そうですね。現代のオリジナリティーは作家を一人ぼっちにしてしまいますけど、前近代のそれはあくまで過去から続く流れの中に位置づけられるようなものだったと思います。

星空のような「異時同図法」

釈 山口さんも、ご自分の立ち位置を、いまいわれたような流れのなかに位置づけておられるんですか。

山口 僕は、何とか「古びたい」というのがありまして。

釈 あえてお湯に入り直すような？

山口 はい。自分はこの湯船から出てきた人間だ、といいたい。最初に西洋の美術を学んだために、どこかに「ちゃんとした日本の絵じゃないんじゃないか」という後ろめたさがあるせいかもしれませんけど。

釈 そういえば、私が勤める大学に音楽学部があるんですけど、「日本人体型で日本語を話す自分がオペラを学んでいると、体に合わない服を着ているみたいで気になる」という学生もいます。

山口 それは、まあ、気にならないほうが幸せではあります。ためらいなく入れる人は、入ったほうがいい。でも、僕は、入り損ねていること自体を作品にしているような人間で。

釈 山口さんの作品は、洛中洛外図のように雲の掛かる街にお城と近代的なビルが混在していたり、鎧兜《よろいかぶと》の武者が乗る馬のなかにバイクが混じっていたりするでしょう。拝見したとき、日本に昔からある「異時同図法」を思い出しました。これは一枚の屏風の中に、四季の風物をまとめて描くような手法ですよね。それともう一つ、星空を連想しました。

山口 ほう。

釈 われわれが見上げる星空には、わずか数日前の光と何万年前の光が混じり合っています。山口さんの絵のなかにも、バラバラな時間と空間が一つになっているように感じたんです。

山口 じつは私も、よく星座の喩えを使うんですよ。私たちは、もう髷《まげ》を結った人を見ることはできません。でも、かつて日本人が髷を結っていたという証拠や絵は見られます。そういう人々が過去にいたことを知りつつ、もう誰も髷を結わない世界で暮らす現代人だけが、両方を一つのスクリーンに映し出すことができる。その一点において、その光景は星座と同じように真実じゃないかと思うんです。

釈 過去を一望できる現代人の特権を生かしているわけですね。

山口 そこには髷どころか、角髪《みずら》（古代の男性の髪型）を結った人間がいてもいい。古びた絵を描こうとすると、だいたいのことはやり尽くされています。でも、できれば自分があの世に行って「で、お前さん、何やってたんだい」と聞かれたとき、「はい、こんなん描いてました」と見せたい。それには、こういうスタイルもあっていいかなと思っております。

よく研がれた刃物を仕込ませるように

釈 ところで、人間の顔も時代によってかなり違いますよね。道元や親鸞のような中世の僧侶の肖像画を見ると、現代ではまず見られない異形の相貌《そうぼう》という感じがします。

山口　昔の人は頭蓋骨の形からして違いますからね。江戸時代には左右に比べて前後が短い短頭型が多く、鎌倉時代は長頭型が多かったようです。

釈　中世人は近世人より頭が長かったんですか！

山口　出土する骨の他に、平清盛の木像なんかを見ましても、随分なさいづち頭になっています。人間の感情の振れ幅も時代によって異なり、それも顔つきに表れていたんじゃないでしょうか。直情傾向が表れた顔は、どこかクワッ！　としている。幕末の写真を見ると、よくもこんな面魂《つらだましい》があったなと思うような濃い顔とのっぺりした顔とが入り混じっています。出自も幅広く、皆が同じ教育を受けるわけでもないから、信ずるところもそれぞれ違っていたでしょうし。

釈　職業や身分も影響していたはずですよね。顔は人体でいちばん目立つパーツでしょう。以前コンテンポラリーダンスのパフォーマンスを見たんですが、上手な人は体全体が一つの流動体のように見えるんです。でも、あまりうまくない人が踊ると、どうしても顔にばかり目が行ってしまう。人間の顔って、こんなに主張するものかと思いました。

山口　上手な踊り手の方は、他人の目を手の先に運ばせることもできれば、一瞬でその手を消すこともできますよね。絵なんかも、似たようなことがいえます。ある地点に到達した人の絵は、見る側の意識が画面で止まらない。「うまい筆致だな」「ここは細かく描いてあるな」というところに目が行くのは絵師自身がそれを気にしているからで、いい絵は見る人の意識をスーッと奥へ吸い込んでいきます。そういう絵は細かな感想が湧くより先に、「ああ、いい絵だな」と思えるんです。

釈 なるほど。山口さんは五木寛之さんの小説『親鸞』の挿絵をお描きになりましたけど、親鸞や民衆の顔を描くときも、中世人の顔の特徴を意識されたんですか。

山口 まったき中世人として描ければよかったんですが、具体的にはそれを知らないということと、何よりあれは五木先生の親鸞ですので、どうしても五木先生の人生観が出るんですね。ですから、現代の私が五木先生世代の世界を眺めつつ、それを親鸞に映し出すというように、時代の尺が出ればいいと考えていました。そこに「山口」の部分が出ちゃうとすれば、それはそれで仕方ないと。

釈 それにしても、ずいぶん思い切った手法を取り入れられていますよね。文章の中に「尻が落ちつかない」とあると、目、口、鼻などが床にきちんと座っている脇で、お尻だけが踊っている絵だったり。「笑い声がおこった」というところでは、胴体に「あははは」と書かれた笑い声がプンプン怒った絵になっていたり（笑）。

山口　悪気はないんですけど（笑）。江戸時代の判じ絵を少し意識したのと、日本語は同音異義語が多いので、それで遊んだりしていました。

釈　宗教でもアートでも、ある程度鬱屈したエネルギーを心の中に抱えていたほうが、思想性の高い表現につながると思われがちですが、山口さんは本当に楽しみながらお仕事をされているように感じます。

山口　恐れ入ります。あまり鬱屈を求め過ぎると、あたかも鬱屈したかのように見せる絵を描いてしまう危険があります。無理に生老病死を盛り込んでみたり。それより、「いつもバカな絵ばっかり描いてるなあ」と思われるくらいがちょうどいい。そうしていると、逆に鬱屈がたまるところがあります。それをそのまま表しても愚痴になるだけなので、斬られた人が斬られたことに気づかないほどよく研がれた刃物を、スッと仕込ませたような絵を描けたらなあと思っています。

釈　それはぜひ拝見したい。この先をさらに楽しみにしています。

3

四苦八苦

「できる」と信じれば、
人は何歳からでも伸びる。

坪田塾塾長
坪田信貴
つぼた・のぶたか―塾での指導経験を元に2013年に上梓した『学年ビリのギャルが1年で偏差値を40上げて慶應大学に現役合格した話』が累計120万部を超える。心理学などを駆使した独自の指導法で、これまで1300人以上の子どもを個別指導。人材育成、組織構築やマネジメントのプロとして経営者、大学受験専門家、作家、講演家、コンサルタントとして活躍。吉本興業社外取締役。他の著書に『人間は9タイプ 仕事と対人関係がはかどる人間説明書』『どんな人でも頭が良くなる 世界に一つだけの勉強法』『才能の正体』など。

思わぬ方向から「枠組み」を揺さぶる

釈　二〇一三年に出版された『学年ビリのギャルが1年で偏差値を40上げて慶應大学に現役合格した話』は、一二〇万部も売れたそうですね。坪田さんはこのご本で、世の中に教育のあり方を見直させるような役割を果たされたと思いますす。そもそも、どうして学習塾に関わろうと思われたんですか。

坪田　じつは、僕は浄土宗のお寺の生まれでして。寺が幼稚園もやっていたので教育は身近でしたし、何より子どもが好きだったんです。高校はニュージーランド、大学はアメリカに行ったんですが、日本に帰るとき、子どもに関わる仕事をしたいと思いました。
　それで日本の就職活動に目を向けたら、多くの人が、大学受験のころに自分の将来が決まると勘違いしているように見えたんです。いい大学に行かないといい就職先はなく、いい人生もないと、特に親御さんたちが思い込んでいる。逆にいうと、その時期に「勉強ができない」といわれている子たちには、もう明るい未来はないというような。

釈　ええ。

坪田　もう一つ、よく高校生の親御さんが「うちの子は夢がない」というんですけど、その年齢でやりたいことがわからないのは当然だと思うんです。やりたいことは、社会に出てから見つけていけばいいのに、学校教育の中で「そんなの無理だ」といわれ続けてきたために、子どももそんなことを考えてはいけないと諦めている。

こういう状況を変えるには、皆が無理だと思っていることを可能にすればいい。それには、大学受験で〝一発逆転〟するのがいちばん効率的だと思ったんです。人生と違って入試問題には答えがありますから、きちんと学習していけば誰でも目標に到達できます。そうやって「できない」といわれていた子たちができるようになったとき、周りも「自分たちもできるかも」と変化する。本人も、大人になってやりたいことをやろうとして、「そんなの無理だ」といわれても、「いや、あのときもできたから」といえますよね。そう考えて、大学受験の塾に入ったんです。

釈　受験を人生の大きな転機と捉えて、子どもたちと一緒に関わろうとされたわけですね。

坪田　そのとおりです。僕は、人との関わり方は基本的に二つだと思っていまして。一つは「寄り添う」で、もう一つは「邪魔する」(笑)。僕は寄り添いたい。それで誰かが生き生きすれば周りも生き生きし、結果として自分も楽しくなりますから。

釈 坪田さんは学習指導に心理学の理論を多用されていますけど、一方で、思わぬ方向から物事にアクセスして、「人がもちやすい枠組み」を揺さぶるような感性もおもちだと思うんです。その意味で、じつは仏教的でもある。宗教やアート、芸能には「これが正しい」「こうあるべき」といった人の思考の枠組みを揺さぶったり、解体したりするところがありますけど、坪田さんもそういう役割を果たす方に思えます。

ご著書を読んでいて面白かったのは、高校時代の英語の先生が苦手で、その先生に指導法を聞いては、あえてぜんぜん違うことをする戦略を取ったとか。

坪田 英語の授業がつまらなくてさぼっていたら、先生ににらまれまして。そのとき、自分が英語を嫌いなのは、先生が嫌いだからじゃないかと思ったんです。それを確認するため、その先生に勉強法を聞いては、全く違うことをひたすらやり続けました。「単語を一〇回書け」といわれたら、一回しか書かない。その結果、自分に合った勉強法がわかり、成績もぐんぐん伸びました（笑）。

釈 「こうあるべき」を解体したともいえるし、相当なヘソ曲がりともいえる（笑）。でも、私も先生とそりが合わないことが多かったので、ちょっと共感します。

子どもの教育に家族の影響は絶大

釈　私は大阪で寺子屋を開いているんですけど、友人の中にも自主的に教育活動を始める人が増えています。それは、いまの学校教育に限界を感じるからですよね。一方、塾では割と自由に、学校でできない教育ができる。むしろ人を育てることに、塾が大きな役割を果たすような社会になっている気がします。

坪田　そうですね。いま、学校の先生は気の毒だと思うんです。全ての生徒を一つのカリキュラムに合わせることを求められていますけど、子どもは一人一人違うので、必ずそこから外れる子が出ます。それを排除したり、枠組みの中に戻したりすることに、皆さん、ものすごく苦労されている。

もう一つ、学校教育では目的が明確化されていないのも問題です。いい悪いは別として、親御さんが塾に求めるのはテストの点数を上げることですよね。そこに向けて子どもが頑張る中で、我慢することを覚えたり、人間性が育まれたりする。でも、例えば「学校教育の目的は人間形成だ、そのために五教科の勉強をする」といっても、五教科の勉強をすれば人間形成になるのかという問題もありますし。

釈　なるほど、いわれてみれば。一方で、教育に家族が与える影響もすごく大きいそうですね。坪田さんは、塾生のご家族とも親身にお付き合いされているようですけど。

坪田　子どもにとって家族の影響は絶大です。塾でせっかく本人がやる気を出しても、家に帰るとシュンとなって戻ってくることが多い。「ビリギャル」のさやかちゃんも高校二年の夏休みから勉強を始めたんですけど、当初は小学四年生ぐらいの学力で。

釈　「聖徳太子」が読めなかったとか。

坪田　「せいとくたこ」と読んで、「この女の子、デブだからこんな名前付けられて、超かわいそうじゃゃね？」などといってました（笑）。それでまず小学四年生向けのドリルをやってもらったら、二週間でできた。「すごいじゃん」というと、「確かに」と。「次、何やる？」「五年生のドリルかな」「どれぐらいでできる？」「二週間かな」とやる気満々に鼻を膨らませていうわけです。ところが、次の日になると、「こんなのやっても意味ないと思う」と。家でお父さんに「お前、高二だろ。その年でいまごろそんなドリルをやってるやつが、慶應みたいな大学に受かるわけない。先生にだまされているんだ」といわれたというんです。せっかく本人なりに、成長しようとしているのに。

釈　ほんとですねえ。

坪田　テニスを始めた人が、最初は一球も打てなかったのに、半年後に一〇球中三球打てたら大きな成長ですよね。でも、親御さんは隣でサーブをバンバン決めている子と比べて、「お前、ほんと運動神経悪いな」などという。それだとテニス自体をやめてしまうけど、少しずつでも続けていけば、一〇年後にはすごく上達するはずです。

そのことを伝えたくて、まず親御さんにお会いして、こちらの方針や指導法をお伝えしています。同時に、家庭内の問題も伺う。お父さんとお母さんから、それぞれの不満を聞いたり。子どもの成長には、親御さんのコミュニケーションがいちばん重要なので。

釈　坪田さんとご一緒したNHKのニュース番組の悩み相談コーナーには、「いくつになっても母親の呪縛から逃れられない」という相談がたくさん寄せられます。子どものときに親が呪縛するようなコミュニケーションをとると、その後の人生がつらいものになることが少なくない。

坪田　勉強が苦手、ちょっとグレてるみたいな子のほとんどがそのパターンです。じつはこれ、思い当たることがありまして。

母親が妊娠すると、赤ちゃんの状態を見るために病院で定期的にエコー（超

釈 音波検査）を撮りますよね。毎回体重を平均値と比較して、お医者さんから「お母さんは太り過ぎ」「赤ちゃんの成長が足りないから、もっと食べて」などといわれる。親はその基準から外れまいと一生懸命頑張るけど、それを一〇カ月も続けたら、生まれた後も子どもを管理したくなると思うんです。

坪田 真面目な人ほど陥りそうな罠ですよね。

人が成長するにはそういう呪縛を解くことと、多くの人に支えてもらえるような協力体制を築くことが大事です。これは、仕事でも何でも一緒だと思います。

「Why」は過去指向、「How」は未来指向

釈 坪田さんは「人に寄り添いたい」といわれましたけど、問題はどう寄り添うか。ご本などで人の能力を伸ばすさまざまな方法を紹介されていますけど、その中の一つ、思考タイプを「Why 型」から「How 型」に転換する方法はすごくいいと思いました。

坪田 人はつい、「自分はなぜできないのか」「あの人はなぜできるのか」と Why 型で考えてしまいますよね。でも、僕らは神様じゃないので、全ての因果を理

解することはできない。必然的にその答えは「自分には才能がないから」「あの人には才能があるから」といった曖昧な理由に帰着しがちです。

それに対してHow型は、「どうすればできるようになるか」を考える。Why型が結果から理由を探ろうとする過去指向なのに対して、こちらは未来指向です。やっていることの過程そのものを楽しめるので、はるかに人を伸ばすと思います。

釈　この瞬間は良い結果が出ていなくても、「一緒にHowを考えよう」と誘導するだけで救われる子は多そうですね。

坪田　そうなんです。じつは、その「一緒に」がポイントで。教師と生徒、上司と部下の関係を考えると、前者から後者に知識を授けるのが常道ですよね。でも、全てを知っている人間はいない。僕自身、手探りで真理や知を探求しているという意味では生徒と変わりません。真理へ至る道は複数あると思うので、「このやり方はどうかな」「これはよかったね」などといい合いながら、その人に合う道を求めて一緒に旅をしている感覚なんです。

釈　それは教育に限らず、さまざまな領域で大事な姿勢だと思います。サービス業なら「提供する側・される側」、医療なら「治療する側・される側」、福祉なら「ケアする側・される側」。こういう関係にはある種の非対称性があって、あまりその構図にとらわれると物事がうまく進まない。宗教も同じようなところがあります。

そこで、その構図をいったん脇に置き、問題そのものを外に抽出して一緒にその方向を向いてみる。それによって両者の関係が対称になり、非対称構図からは生まれなかったものが生まれると思うんです。

坪田 うわあ、それこそ、僕がいいたかったことです！ ゴツゴツした石のボールを投げたら、ダイヤモンドの球が投げ返されてきたような。釈先生、めちゃくちゃ頭いいですね！

釈 いやいやいや。ゲストにこんなに褒められたことない（笑）。

「その壁は越えられる」と信じられるか

釈 その人に合った道を探すという意味で、やはりご本にあった「プラチナチケット」のエピソードも面白かったです。よくこのお話を塾でされるとか。

坪田 塾生に「神さまがキラキラ光るチケットをくれて、『ここに書いたことは何でもかなえてあげる』といったら、何を書く？」と聞くと、「東大に合格したい」「アラブの石油王と結婚したい」「お母さんに家を買ってあげたい」などと答えるんです。

これは一見、夢や目標のように思えますけど、実はその子の価値観なんです。「東大に合格」は「一番になりたい」、「石油王との結婚」は「楽して安定したい」といっている。「お母さんに家を」というのは、「世話になった人に恩返ししたい」という浪花節《なにわぶし》的価値観の表明ですよね。誰かを伸ばすには、まずその人の価値観を知って、それに合った目標を掲げるとやる気につながる。「親に恩返ししたい」という人は他人を喜ばせたいという利他的な世界観をもっているので、「社会貢献をする」という目標を設定してみたり。

釈　その人に適した勉強法を見つけるために坪田さんが考案された、人の性格を九タイプに分ける判定テストがあるでしょう。質問に答えていくと、「完璧主義者タイプ」「芸術家タイプ」など、自分の性格タイプがわかる。私もあれをやってみましたけど、自分では「調停者タイプ」かと思っていたら、「研究者タイプ」でした。

坪田　やっていただいたんですね、ありがとうございます。ああいうふうに性格タイプを知って勉強法を決めると、効果は段違いです。

釈　ただ、そうやって成長していっても、どこかの時点で壁にぶつかる。プラトー現象というそうですけど。

坪田　プラトー現象は、いわゆるスランプに対する心理学的説明なんです。プラトーは「高原」で、山登りの途中で平たい場所が続く状態を表す。何かを始めると最初はガーッと成長しますけど、ある段階でパタリと止まる。成長はまた始まるけど、多くの人はそこで諦めてしまいます。子どもたちには卵の話もよくするんですが。

釈　卵とは？

坪田　コロンブスが、「大陸発見なんて誰でもできる」という人たちにゆで卵を立てさせて、誰も立てられないのを見てから、「当たり前に思えることも、最初に思いつくのは難しい」と卵の底を割って立たせた逸話は有名ですよね。でも、卵は割らなくても、慎重に微調整すれば立ちます。それを子どもたちに見せてからやってもらうと、皆、一〇回、二〇回とトライする。「もし僕が目の前で立たせていなかったら、もっと早く諦めたよね。でも、立つと知っていたから何十回も挑戦した。自分が必ずここを超えられると知っていることは大事なんだよ」というんです。

プラトー現象を越える一つの方法は、何人かで信頼関係をつくりながら、同じ目標に挑戦すること。誰かが壁を越えると、他の人も次々と越えていく。何より、「できる」と信じて努力したら間違いなく成長しますよね。そこが大事だと思います。

うちの子は一歳だからもう遅い⁉

坪田　以前、『ビリギャル』の読者の方から、「うちの子は二〇歳なんですが、いまから学力を伸ばすのは遅いですよね」というお手紙をいただいたことがあるんです。それで改めて、成長と年齢の関係が気になりまして。うちの塾ではスタッフを採用するとき、適度な学力があって、犯罪を起こすような人でなければ、基本的に何歳でも受け入れているんですけど。

釈　坪田塾の講師陣は、かなり変わった人が多いですよね（笑）。

坪田　人付き合いに問題があったりして、一般社会で受け入れられにくい人たちを採用しています（笑）。その中に、元警視庁の機動隊員で、特殊部隊SATの候補にもなったアメリカ帰りの男性がいたんです。面接に来たときは三六歳。転職が難しくなる年齢ですけど、逆に興味を覚えて採用した結果、いまや大変なカリスマ講師になっている。それを見ても、成長に限界はないと思えます。

これと関連するんですが、以前、赤ちゃんの抱っこの仕方を教えている「一般社団法人育母塾」の代表理事、辻直美さんのお話を伺って衝撃を受けまして。

釈　赤ちゃんが抱かれて泣くのは、抱き方の問題だというんですよ。赤ちゃんはお母さんのお腹の中で丸まっていたので、抱っこするときも、脚をM字型にして背中をクルっと丸めてあげるといい。ところが、抱き慣れていない人はおっかなびっくり。「あなたの何倍もある巨人があなたを抱きながら、落とすかもしれないとビビッている状態を想像してください」と。

坪田　それは泣きますね（笑）。

釈　下ろしてくれ〜って（笑）。でも、そういう理屈を知れば、簡単に育児のストレスから解放されます。

そのとき見学にいらしていたお母さんが、「うちの子は一歳なので、いまから抱き方を習っても遅いですよね」といわれたんです。その発言を聞いて、「○歳ではもう遅い」という考え方は問題だなと。一歳なら、もちろんいますぐ習っておいて損はない。逆にどんなことでも「もう遅い」と考える限り、小学校の成績が悪ければ「幼稚園から勉強させておけば」、幼稚園で絵が下手だと「もっと小さいころから習わせておけば」と、どこまでもさかのぼって後悔することになります。突き詰めれば、生まれつき才能があったかどうかという問題に。

釈　子育ては長いプロセスなのに、ある時点の能力だけを見て才能の問題にしてしまう危うさがあるわけですね。

伊能忠敬も親鸞も遅咲きの才能だった

坪田　人は大人になってからも、いろんなことに後悔しています。五〇代になると「四〇代で転職しておけば」、定年したら「現役時代にもっと働いておけば」。でも、日本地図をつくった伊能忠敬が測量を学び始めたのは、隠居後の五〇歳ごろといいます。その後一七年かけて各地を回り、地図を完成させていった。自分が本当にやりたいことと出合うのは、意外と遅いと思うんです。逆にいえば、いつから始めても遅くはない。

釈　偉業を成す人の中にも、若くして世を沸かせる人もいれば、長い時間をかけて仕事を成就する人もいますからね。親鸞は多くの著作を残しているんですけど、八〇歳を過ぎてからたくさん書き上げていますす。鎌倉時代の八〇歳ですから。

坪田　すごいことですよね。

釈　パソコンやコピー機はもちろん、夜の電灯もない。そういう時代に、大量の資料を渉猟《しょうりょう》して書き上げている。私の父も八〇歳を超えているんですけど、家でこたつに入ってボーッとしている姿を見ると、「この年齢から書き始めたの

坪田 か」とものすごく感慨深いんです。だから、おっしゃるように、何歳からでも遅くはない。

釈 うわあ、そのお話、面白い。何より、釈先生のお話しぶりが秀逸です。伊能忠敬を上回る面白いエピソードを紹介して、さらにご自身のお父さまとつなげて聞く人に親近感をもたせるこのトーク！　天才！

坪田 これほど人を気持ちよくするゲストは初めて（笑）。そういえば、坪田さんは、ご自身で才能研究家ともいわれていますよね。

釈 今日、釈先生とお話しさせていただいて、宗教家と学者さんの側面がハイブリッドされた実に骨太の人生観をおもちの方だと、尊敬がどんどん増しているわけですけど。

坪田 いやいや。あんまり褒められると、無口になるじゃないですか（笑）。

釈 でも、それも、さまざまな経験や人との出会いなど、膨大な背景から生まれた一面に過ぎないと思うんです。才能とは「尖り」だと思うので、それがどんなふうに削られてきたか想像するのが面白い。特に人との出会いは大切です。結局、人間は関係性の中で多様に変化する存在だと思うので。

そういう見方も仏教的ですよね。心理学では、人は父親、教師、息子など、複数のペルソナを着け替えながら暮らしていて、その仮面があまり分厚くなると「本当の自分」が出せなくなると考えます。でも、仏教では、そもそも本当の自分などない、いくつものペルソナを使い分けていくことこそ生きる道だ、と説きますから。

坪田 先生、僕、仏教をどこで学べばいいですかね。浅い知識しかなくて、ちゃんと勉強したい場合。

釈 何をいっているんですか、お寺の息子さんが（笑）。まあ、仏教にはたくさん入り口がありますから、自分に合ったルートはきっと見つかると思います。瞑想やマインドフルネスのようなものからアクセスする方もおられますし、思想・教義から入られる方も。坪田さんは心理学を学んでいますから、唯識《ゆいしき》なんかぴったりかもしれませんね。

坪田 いまの僕の聞き方は「知識をどう学べばいいか」というものだったのに、「仏教は心・技・体を含めたものだから、知識だけじゃ済まないよ」という心地よいジャブを入れられた気がしました。その上で、ちゃんと知に関わる唯識を薦めてくださっている。まるで知のコンシェルジュ。すごい！

釈 『ビリギャル』のさやかちゃんも、坪田さんに会うまで「こんなに褒められたことなかった」といっていましたよね。それに対して坪田さんは、「三〇分人を叱れる人はいても、三〇分褒め続けられる人はいない。本当は三〇分、徹底的に人を褒めてもいいんだ」といわれたと。坪田さんこそ、まさにそれができる人。褒め上手！

4 如実知見

人間に注ぐ
親鸞のまなざしを、
インドの月光に
見たのです。

作家
高 史明

こう・しめい／コ・サミョン―1932年山口県下関市生まれ。在日朝鮮人二世。高等小学校中退後、独学を重ね、多くの職を経た後、小説『夜がときの歩みを暗くするとき』を発表して作家活動に入る。75年日本児童文学者協会賞、第15回青丘賞、93年第27回仏教伝道文化賞受賞。75年に一人息子が自死したことを機に、『歎異抄』oと親鸞の教えに深く帰依。主著に『生きることの意味』『高史明親鸞論集（全3巻）』『現代によみがえる歎異抄』『闇を喰む〈1〉〈2〉』『高史明の言葉 いのちは自分のものではない』『月愛三昧 親鸞に聞く』。

釈

父の口癖は「ナムハブタブ」

以前、親鸞の『歎異抄《たんにしょう》』をテーマにしたNHKの番組に出たことがありまして。最初にお話をいただいたときは、プロデューサーの方に、「『歎異抄』は視聴者に受けないいんじゃないですか」と申し上げたんです。というのも、現代人は、一つの宗教体系を倦まずたゆまずたどるというより、自分がいま抱えている苦悩に効きそうな宗教情報を、道具のように用いたがる傾向がある。いわば宗教を「消費」するような態度になっている。また、自分の内面に目を向けるよりも、身体的な修行を求める傾向が強い。だから、『歎異抄』のように、自己の内側に潜む闇を見つめて掘り進むような書物は喜ばれないだろうと思ったんです。

ところが、そのプロデューサーの方はどうしてもやりたいという。そう思ったきっかけの一つが、東日本大震災だというんです。あの災害がもたらした悲しみや、日常のもろさ儚さへの不安は、もはや生半可な宗教情報では対処できない、いまこそ『歎異抄』ではないか、と。それで番組に参加させていただいたんですが、予想外に反響が大きくて。非常に多くの方に共感していただいたことに驚きました。

高　今日は、四〇年にわたって親鸞の言葉について考えてこられた高さんに、現代における『歎異抄』の意味などをお伺いできればと思います。高さんは、山口県のお生まれだそうですけれど。

高　関門海峡に面した下関で生まれました。

釈　山口は浄土真宗が大変盛んな土地柄ですが、高さんも幼いころから、親鸞の教えに親しまれたんでしょうか。

高　確かに山口は真宗の土壌の深い土地ですが、私は、お坊さんからそういう教えを聞いた記憶はないんです。少し生い立ちをお話ししますと、私が育ったのは下関の南端にある彦島《ひこしま》の港に近い朝鮮人長屋です。住人は皆、石炭仲仕《なかし》で、北九州から来る石炭を天秤棒で担ぎ、運搬船に運ぶ仕事に従事していました。私の父母も石炭担ぎでしたが、母は私が三歳のころ亡くなり、それからは父と兄の三人暮らしでした。

その棟割長屋は天井に針金を渡して新聞紙やセメント袋で覆い、壁の隙間も新聞紙でふさいだようなもので、部屋にはりんご箱の米びつとボロ布団があるだけ。まあ、恐るべき貧困です。物心がつくと、私はそこで母親の痕跡を探しました。でも、鏡台はおろか、くし一本残っていない。

釈　お父様が片づけられたんですか。

高　そうだと思います。どういう思いからか、父がきれいに片づけてしまった。その父の口癖が「ナムハブタブ」、朝鮮語の「南無阿弥陀仏」です。子どものころから、この言葉を日に何十回となく聞かされた。私が悪いことをするたび――まあ、悪いことばかりするわけですが――「ナムハブタブ」。「どうしようもないな」という感じで。

釈　きっと腹が立ったときも、うれしいときも、悲しいときも、お念仏を称えられるような方だったんでしょうね。

高　そのとおりです。しかし、この言葉が「南無阿弥陀仏」だということは、当時の私にはわかりませんでした。それを自覚したのは、自分自身が成長して仏教との出合いを体験してからです。

絶体絶命のときに浮上する言葉

釈　高さんの仏教との出合いとは、ご自身が四〇代のころ、一人息子の真史《まさふみ》さんが一二歳で自死されたときのことでしょうか。

高　はい。そのときから、念仏を念仏として意識するようになりました。

釈　真史さんが残された詩をまとめた『ぼくは12歳』というご本を拝読すると、本当にみずみずしい感性に胸を打たれます。高さんは真史さんが亡くなった夜、お棺に入ったご遺体に奥さまと添い寝をされたそうですね。そのとき闇の奥から、『歎異抄』の中の「自然《じねん》」という言葉が聞こえてきたと。

高　「自然に生きるなら、最も身近なものを助けることができる」と聞こえてきました。これは、そのまま『歎異抄』の言葉ではありません。第五章の結びにある「ただ自力をすてて、いそぎ浄土のさとりをひらきなば、六道四生《ろくどうししょう》のあいだ、いずれの業苦《ごうく》にしずめりとも、神通方便《じんつうほうべん》をもって、まず有縁《うえん》を度すべきなり」という言葉と、第六章の結びにある「自然《じねん》のことわりにあいかなわば、仏恩をもしり、また師の恩をもしるべきなり」という言葉が結びついたものです。この中の「有縁」は最も縁の深い人を、「自然のことわりにあいかなわば」は、まさに「自然に生きるなら」を意味する。ただ、これらが結びついたのだということは、子どもの死から何カ月もたって気づきました。

釈　私はご著書でそのお話を読んで、大変感銘を受けました。というのも、最近は言葉のもつ力が弱まったといわれます。いまから二〇年以上前にオウム真理教の事件が起きたとき、ある文学者の方が「これは文学の敗北だ」とおっしゃったんです。オウムに集まるような高学歴の若者の悩みは、かつて文学がすくい

釈　取ってきた。そういう力が失われたことが、この事件の核心にあるんじゃないかと。でも、私自身は、本物の言葉には人を救う力があるといまも信じているんです。

先日、大変苦しい病を抱えて働いてきた同僚の先生が、若くして退職されまして。教授会での退職スピーチでボロボロになった手帳を取り出して、自分はこの言葉に支えられてきたといって、ガンジーの「明日命が終わると思って今日を生きよう。永遠に生き続けると思って学び続けよう」という言葉を紹介されたんです。その先生にとっては、それが本物の言葉なんですね。本物の言葉は、そんなふうに人を支えてくれる。

高さんは若いころにも『歎異抄』を読んでおられたそうですが、そのときは深く心に触れることはなかったと。

高　二二、二三歳のころ、関わっていた社会運動に挫折して閉塞感に沈み込んでいたとき、手に取って開いたんです。しかし、全く理解できず、やがて閉じてしまいました。

釈　けれど、『歎異抄』の言葉は高さんの体のどこかに潜んでいて、絶体絶命のときに浮上してきた。それが、真史さんのご遺体に添い寝されたときに起きたことではないでしょうか。『歎異抄』とは、そういう書物だと思うんです。

あらゆる要素がハーモニーを成す世界

高　そうですね。『歎異抄』について語ると何日もかかりそうですが、少なくとも日本が生んだ世界的古典であることは間違いないと思います。最大の特徴は、まさにいま述べた「自然《じねん》」です。世間ではよく、親鸞のたどり着いた境地として「自然法爾《じねんほうに》」をいいますが、親鸞は晩年の和讃などで、この「自然」という言葉を一文字ずつ読み解いていますよね。「自は、おのずからという。行者《ぎょうじゃ》のはからいにあらず、しからしむということばなり。然というは、しからしむということば、行者のはからいにあらず」と、「自」とは何か、「然」とは何かを、繰り返し、巻き返し捉え直している。

釈　漢字の意味を、一文字ずつ徹底的に調べて解読する。あの手法は、親鸞が天台宗で修行していたときに鍛えられた中世の研究方法です。

高　近代文明の基礎はデカルトが言語を通して開いたと思うんですが、親鸞はそういう目を先取りするほどの読み解きを行っていた。そうして考え尽くして、最後に真実の「自然」へたどり着く。その「自然」は、現代文明人が考える自《し》然《ぜん》とは違います。われわれはこの自然を、人間の対象世界と捉えてきましたが。

釈

「人間対ネイチャー」という構図ですね。デカルト以来の近代知性は、世界を分節して認識する方向に進んだ。自然と人間とを分け、自然のコントロールを目指したところに科学も生まれました。でも、親鸞は、人間も含めた全ての要素が合わさることで「自然」という状態を生み出していると考えていたと思います。親鸞の和讃に「宮商《きゅうしょう》和《わ》して自然なり」という言葉があります。「宮商」とは西洋音楽でいうドレミファソラシのことで、この世界のあらゆる要素を表している。それらがハーモニーのようになった状態が「自然」だと。そういう大きな命の流れとして、この世界を見ていたと思います。

高さんのご本に、自死を望む子どもに向かって、「死にたいと思っているのは頭か。頭だけが思っているなら、頭だけ死ぬか。足の裏はどう思っているか聞いてごらん」と言われたお話が出てきますよね。その子は見るからに危うい状態にあったけど、半年ほどして「足の裏の声が聞こえるまで歩きます」という手紙をくれたと。これは大変仏教的なお話です。仏教では、決して脳だけを特別な位置に置きません。心も体も刻々と変化する要素の集合体で、それが大きな命の流れをつくっていると考える。親鸞のいう自然にも、そういう意味があると思います。

もう一つ、親鸞の自然法爾には、仏さまの願いの力によって、自然と往生に導かれていくという意味があります。われわれはこの肉体と自己をもつ限り、仏に任せたつもりでもまた次々と迷いが湧いてきて、ふらふらと揺れながら暮らしていくわけですが、揺れてもいい、間違いなく自然の法則に導かれていくから、という思いが込められていると思います。

「善悪を知っている」と主張する現代人

高　そのように自然を見た親鸞に対して、現代人は自然を数字に還元してしまう。ここに大きな問題があります。数の力で自然を読み解けば、最後は原子へと至らざるを得ない。その極限に原子爆弾も生み出されました。ノーベル物理学賞を受けた朝永《ともなが》振一郎《しんいちろう》先生は、人間が爆弾製造への一歩を踏み出す動機は恐怖だといっています。ドイツは米国が原子爆弾をもったらどうなるか、米国はドイツがもったらどうなるかと考える。

釈　科学は互いに切磋琢磨して進むものですけど、そこに恐怖という感情が入ると、疑心暗鬼になってそれぞれが自分の殻を硬くする。さかしらな知性先行の落とし穴かもしれませんね。

高　その基礎に、デカルトから続く人間の知性の階段があります。ここで考える

高　　　釈

べきは、『歎異抄』の後序にある「善悪のふたつ、総じてもて存知せざるなり」という言葉だと思うんです。親鸞は、善悪は阿弥陀仏のみが知ることで、人の知り得ることではないといっている。ところが、現代人は「善悪のふたつ、総じてもて存知している」と考えます。親鸞は「二つはわからない」というところから始まり、現代人は「二つを知っている」というところで争う。どちらが善でどちらが悪かをいい合う限り、最後は相手を滅ぼさざるを得ません。

善と悪とを分けることは、世界を二分することにつながりますからね。信じている人／いない人、役に立つもの／立たないもの、敵／味方、得／損というように。こういう二項対立は、どうしても原理主義に向かいやすい。

だからこそ親鸞は、善悪の二つをまず言葉で問い尽くしたのではないでしょうか。現代人はそれを解き切れぬまま、近代以降の数学的知性の階段を踏み続けています。いまやわれわれの技術は原爆から生命操作にまで至り、地球の環境破壊は進み、人は不安と孤独に苦しんでいる。

ちょっと目線を変えますと、何年か前にインドに行ったとき、夜、自転車タクシーに乗ったんです。夜の中を走りながら、運転手さんが「お客さん、空を見てごらん」という。見上げるとものすごく大きな月が出ていて、「インドの月は特別にきれいだ」というんです。現代文明人は、あれだけおおらかに頭上

人間に注ぐ親鸞のまなざしを、インドの月光に見たのです。　高 史明

の月を自慢できるだろうか。宇宙から地球を見ると、日本列島が最も明るく輝いています。その輝きを文明と呼ぶけれど、その明るさのぶんだけ澄み切った月の光を失っているのではないか。

善とは何か、悪とは何か、その二つを言い立てる人間の理性とは何か。いまこそこれらを問い直し、世界中が月を見る目を取り戻すべきではないかと思います。

親鸞は「親殺し」を人間の代表と見た

釈　インドには、善と悪とが単純に割り切れない世界がありますよね。矛盾を矛盾のまま抱えていられるところに、インド人のタフなマインドもある。それは親鸞の思想にも通じると思います。

仏教は二項対立の垣根を取り去るために、「空《くう》」の概念を示したり、「突き詰めれば二項は同一だ」と説いたりしてきました。ところが、おっしゃるように親鸞は二項対立にも同一化にも向かわず、両方を抱えたまま、「善悪はわからない」といった。光と闇を共に否定せず、矛盾を矛盾のまま抱えて歩んでいく。非僧非俗という生き方もそうですが、最後までどこにも着地しない。これは大変厳しい道です。だからこそ、親鸞の言葉は、いつの世においても苦悩にあえぐ人の胸を打つと思うんです。

高　そうですね。親鸞は、究極的にはその思想をお念仏に収斂《しゅうれん》させますが、五〇代で完成した『教行信証《きょうぎょうしんしょう》』の信巻では、何が真理かを徹底的にまず言語で説いていきます。ところが、全て説き尽くしてから、「仮《け》」という目線を提出している。なぜなら自分は言葉を使って考え、言葉で結論を出したからと。その上でさらに「偽《ぎ》」という目線を提出していた。偽りこそ人間が生きる世界だという。その目線は根源的です。つまり自分がここに提起してきたのは、全て「ことば」を通してのことだといい、その「真実」はことばである限り、「仮」だと断言している。恐るべき目線です。

しかもその目線を、自分自身の立つ世界をも覆す深さにまで進めていた。そうして「悲しきかな、愚禿鸞《ぐとくらん》。愛欲の広海に沈没し、名利《みょうり》の太山《たいざん》に迷惑して、定聚《じょうじゅ》の数に入ることを喜ばず、真証の証に近づくことを快《たの》しまざることを、恥ずべし、傷《いた》むべし」という有名な慚愧《ざんき》の言葉がそこに開かれ、われわれを出口なしというところまで連れてゆきます。その上で、阿闍世《あじゃせ》という実在の人間を登場させている。

釈　阿闍世は、古代インドにあったマガダ国で父王を殺害したと伝わる王ですね。

高　マガダ国の首都王舎城《おうしゃじょう》で起きたその事件は、さまざまな仏典に「王舎城の悲劇」として取り上げられています。阿闍世は凶悪な性質で、貪《むさぼ》りと怒りと愚かさに満ちていた。あるとき提婆達多《だいばだった》という悪友にそそのかされ、父である頻婆娑羅《びんばしゃら》王を幽閉し、死へと至らしめてしまいます。しかし、その後、父殺しの罪に苦しみ病んでしまう。全身にできものができて熱と悪臭を放ち、苦しみ抜いた末、ついに釈迦と出会って救われます。

釈　高さんは『月愛三昧《がつあいざんまい》』というご著作の中で、この阿闍世の物語を取り上げていますね。「月愛三昧」は仏教の行の一つで、「月愛」は月の光のような慈悲を表します。

高　『教行信証』には、月愛三昧について「諸善の中の王なり。甘露味《かんろみ》とす。一切《いっさい》衆生《しゅじょう》の愛楽《あいぎょう》するところなり。このゆえにまた月愛三昧と名づく」とあります。「諸善の中の王」といっていますので、おそらく親鸞は数限りなくある仏教の行の中でも、これを最高のものと捉えていた。釈迦は阿闍世を救うため、わが身を投げうってこの瞑想に入ります。

「そのときに世尊、大悲導師《だいひどうし》、阿闍世王のために月愛三昧に入れり。三昧に入り已《おわ》りて、大光明を放つ。その光清涼にして、往《ゆ》きて王の身を照らしたまうに、身の瘡《かさ》すなわち癒えぬ」と。阿闍世はそうして救われた。親鸞はこの阿闍世を、

高　釈　私たち人間そのものと考えていたと思います。阿闍世に人間の本性を見た。そのような人間、まさに親殺しを、人間の代表と見ていた。では、その極悪人がなぜ救われるのか。阿闍世は、父を殺したことへの慚愧を抱いていました。親鸞は論理の言葉を通して、人間をこの慚愧へと導いていると思います。慚愧こそ人間が自らを問い直し、真実へ向かう回路になると考えていたと思う。慚愧をどう見つめ直すか、これこそ現代人の根本ではないか。真理を開く「コトバ」は、確かに人間を現代にまで導きました。しかし、そこに見えてきたのは「核」の時代です。現代は自らの「チエ」で登場させた核の闇を乗り越えられるのか。ここに親鸞の思想の本当のすごさがあると思います。

「人間という病」を超えてゆく道

高　釈　親鸞は「王舎城の悲劇」の登場人物たちを、菩薩の仮の姿を表す「権化《ごんげ》の仁《にん》」と表現しています。おそらくは阿闍世を、自分を導くために現れてくれた仏のようにも見ていたと思います。

そうですね。私には、阿闍世を照らす月の光が、あのインドの満月の光に重なって見えるんです。インドに行ったとき、釈迦が悟りを開く前に苦行を重ねたと伝わる前正覚山《ぜんしょうがくさん》に行きました。その手前に尼連禅河《にれんぜんが》というきれいな川が流れていて、あちこちに人が座っている。何をしているのかと思ったら、ウンコしている。

河原や原っぱなどでしますからね。

高　釈

そこから釈迦がこもった洞窟に近づく。親鸞もまたその道を、日本で歩き通したのだと思います。そして、現代の私たちにも通じる真実を開いていったのだと思います。「善人なおもて往生をとぐ、いわんや悪人をや」とはまことに根源的です。阿闍世は親殺しにして、まさに仏さまに他ならないといっていいのでしょうか。そこに鎌倉の地獄を通して生まれた、親鸞の思想の深さがあると思います。鎌倉時代には世が乱れ、多くの戦死者や餓死者が出た。しかし、戦乱は鎌倉に限りません。第二次世界大戦でも、大勢の人が亡くなった。かつて私が育った朝鮮長屋の裏山に日本軍の砲台があって、私も小学生のころ、いわゆる兵隊さんが大八車を砲台へ引っ張り上げるのを手伝いました。その人たちは皆、アッツ島へ送られて戦死してしまった。

そういう悲劇を生む世界のありようを、再び見つめ直したいと思います。そういう目線が親鸞にはあると思うんです。

釈　親鸞の目線は、常に社会の最下層の弱者と共にありました。「いし・かわら・つぶてのごとく我らなり」といっていますが、自分のこともそのへんに転がっている石ころのようなものと見ていた。このことの意味を、もう一度考えなければなりませんね。

高　はい。ここに亡き子の関わりで、いま一つ大切な教えをいただいていることを申し上げたいと思います。子が亡くなって四年目のことでした。同級生だった人が来て、「お参りをさせてください」と言われた。四年も過ぎてからです。そして掌を合わせた後、座り直して、「実は私がイジメていたんです」と告白してくださった。実に根源的な勇気だと思う。よくぞいってくれたものです。私はいまなお、人間のその勇気を信じています。「善人なおもて往生をとぐ、いわんや悪人をや」ですね。私はその子に思わず手を合わせました。

釈　それは衝撃的なお話です。より大きな命の流れへと……。

高　そこに向かって行けるかどうか。それが、現代人の前に示された課題ではないでしょうか。

小説が描けるものは、「断片」の中の真理なのです。

作家

小川洋子

おがわ・ようこ―1962年岡山県生まれ。早稲田大学第一文学部卒。88年「揚羽蝶が壊れる時」で海燕新人文学賞、91年「妊娠カレンダー」で芥川賞受賞。以後、2004年『博士の愛した数式』で読売文学賞、本屋大賞、『ブラフマンの埋葬』で泉鏡花文学賞、06年『ミーナの行進』で谷崎潤一郎賞、13年『ことり』で芸術選奨文部科学大臣賞、20年『小箱』で野間文芸賞を受賞。他の著書に『薬指の標本』『夜明けの縁をさ迷う人々』『猫を抱いて象と泳ぐ』『琥珀のまたたき』『不時着する流星たち』『口笛の上手な白雪姫』『約束された移動』など。

小説はいつも偶然から生まれる

小川　改めまして、第五回河合隼雄学芸賞のご受賞、おめでとうございます。

釈　ありがとうございます。小川さんはあの賞の物語賞の選考委員をされていて、授賞式で初めてお目にかかったんですよね。その節はお世話になりました。

小川　いえいえ、私は何も。

釈　今回お話をするので『口笛の上手な白雪姫』という短編集を読ませていただいたんですけど、生者と死者、現実と虚構、自己と他者、大人と子どもの境界を往還《おうげん》するような独特の感性を感じました。人や物、出来事を見る目が、温かく、はかなく、切ない。中でも、息子を亡くした女性の思いを描く「一つの歌を分け合う」という一編は、胸が痛くなるようなお話で。

小川　あれこそ、生者と死者がそれぞれの立場を超えて、劇場という特別な場所でひとときを共に過ごす話ですね。おっしゃるように、私には境界――といっても、はっきり線が引かれているわけではなく、こちらかあちらかわからない曖昧な場所――を訪ねて行っては小説を書き、書いてはまたこちら側の世界に戻る、ということを繰り返している感覚があります。

釈　それはわかるような気がするんです。その先はぼやけて見えず、どこまで歩を進めていいのかもわからない。そういう場所になぜか惹かれ、ギリギリのところまで歩んではまた引き返す。そんなふうに境界を行き来する心のありようは、ある種の宗教的感性、というより宗教性そのものという気がします。

私、境界線上をたどるような小川さんの作品を読んでいると、「物語の力」を感じるんですよ。もしかして小川さんは、世界の中心より、そこからこぼれ落ちるもの、大通りより隙間のような場所に惹かれるタイプじゃないですか。

小川　じつは私も、枠からはみ出す人間や隙間が気になるたちで。小学校のころは、学校帰りに家と家の隙間を見つけると、とりあえず挟まってみるような子どもでした（笑）。

子どもがそういうことをしたがるのは、大通りだけを歩いていたら見えないものがそこに隠れているからですよね。私もそういう人や場所に惹かれるタイプであることが、デビューから三〇年近くたったいま、ようやくわかってきました。ただ、意識してそういう作品を書こうとしているわけではないんです。小説はいつも偶然から生まれると思うので。

釈　偶然から、ですか。

小川　偶然としかいいようのない何かが飛び込んできて、出合い頭に「あ、これは物語になる」「これは物語の形でしか表せないものだ」とわかる。ただ、そこで何と出合うかは自分でコントロールできません。どんな小説になるかもわからない。それは不安なんです。でも、その不安に耐えながら一行目を書き出すと、その一行が次の一行を見せてくれる感じです。

釈 先ほど触れていただいた「一つの歌を分け合う」も、お芝居の大好きな知人がたまたま東京・有楽町の帝国劇場で『レ・ミゼラブル』のミュージカルを見て、すごく感動したという話を聞きまして。

小川 ははあ。

釈 ミュージカルが終わった後、しゃくり上げながら、売店で「有楽町の駅へはどう行くんですか」と聞いたら、店員さんが平然と、「こうこうこう行って……」と教えてくれた。それを聞いたとき、そうか、劇場とは人がいくら泣いても奇異に映らない場所、むしろ思い切り泣くことを許されている特別な場所だと気づいたんです。そもそも舞台というもの自体、この世であってこの世でない空間といいますか。

小川 一つの異界ともいえますよね。

釈 そういうことを考えていくうち、一行目が書かれる。実はあの作品を雑誌に連載していたとき、私はまだ『レ・ミゼラブル』の舞台を見ていませんでした。

ですから、舞台のＤＶＤやパンフレットを取り寄せ、帝国劇場のじゅうたんの色や階段の雰囲気を外からのぞいて書いたんです。

ところが、その後何回か実際に舞台を見て、連載を単行本にするときゲラに手を入れようとしたら、一つも直すところがない。自分でもゾッとしました。見えないものまで見たかのように書いてしまう、作家の執念に（笑）。

「大きな物語」の一部を書いている

小川 小説を書いているときは、自分は大木の陰からその物語世界を眺め、登場人物たちの声を聞いているような感覚があります。それはあえて意識して、自分をそこに立たせるといいますか。というのも、執筆中には、書けずに煮詰まったり、締め切りが迫ってきたり、いろいろとうまくいかないことが起きますよね。すると、つい自分の都合のいいように登場人物に細工を施したくなるんです。「この方向にもっていけば、話がきれいに終わる」などと、悪魔の声が聞こえてくる。

釈 つい都合よくおさめたくなっちゃうんですね。

小川 ですから、直接手出しができない距離を保っておかなければなりません。物語が進みたい方向と「こう進んで欲しい」という作家の願望とが一致しない場合、必ず物語が求めている方向に行くべきです。ただ、そうすると、書き始めたときとは似ても似つかない小説になる（笑）。第一章で登場した人物が最終章にまた現れて、思っていた以上に重要な役割を負っていたことがわかったり。けれど、どんな短い小説も、最後まで書き続けるエネルギーはそういう経験から生まれてくると思います。

釈　興味深いお話ですね。エッセイなどを拝読すると、小川さんは中学生のときに『アンネの日記』に強く惹かれ、三〇代になってからアウシュビッツまで足を運ばれたそうですね。そこには、「自分の人生の中でこの問題をなかったことにはできない、一度はこの問題と向き合わなければ」といった思いがあったんでしょうか。

小川　はい。先生もご著書の中で、「物語というものは、一度出合ってしまったら、なかったことにはできない」といわれていますよね。私にとって『アンネの日記』はまさにそういう物語です。アンネたちは、ナチス占領下のアムステルダムで、それこそ現実の大通りから見えない、隙間のような隠れ家に身を潜めていなければ命をつなげなかった。中学生の自分がそこに惹かれたのは、すでに自分の中に、そういう人たちを小説に書きたいという思いが芽生えていたから

釈　だと思います。それはいまになってわかることですけれど。

小川　ということは、ずっとそのことを意識されていたわけでもないんですね。

なぜ自分が『アンネの日記』にこれほどこだわるのかは、言葉で説明できませんでした。もちろんあの作品は素晴らしい日記文学であり、繰り返し読むのにふさわしい文学性をもっています。でも、最近気づいたのは、『アンネの日記』をまねて文章を書くところからスタートして、自分は結局、繰り返し同じことを書いているのではないかということです。書くときは毎回、これまで誰も書いたことのないものを書こう、やったことのないことに挑戦しようと思っても、書き終わると、いつも自分が抱えている大きな物語の一部を書いているような気がするんです。

釈　その言葉には、大切な何かが隠れている気がします。実際に行かれて、アウシュビッツはいかがでしたか。

小川　若いころは、自分の心に向き合って死とは何かを考え続けても、結局、実体のない迷路をうろうろしているだけでした。ところが、アウシュビッツでは、死が現実の物として目の前にある。収容されていた人たちが残した歯ブラシ、義足、髪の毛の山。後で戻ってくるようにペンキで持ち主の名前と住所が書かれながら、永遠に戻ることのできないトランク。わざわざ飛行機に乗って現地

釈　へ行き、そういう実体に触れたことは、自分の身体を通して死を強烈に感じる体験になりました。

その体験は、きっとその後の作品に大きな影響を与えたでしょうね。

死者に反応するのが表現者の性《さが》である

釈　前に小川さんがインタビューで、「あるときから、自分は死者の代弁をしている気分になっている」といわれたのを読みまして。

小川　そうなんです。死者はもう言葉を失っているけれど、いまいったような形ある物に声にならない声がこもっていたりする。それをすくい取る方法の一つが、小説だと思うんです。そのことに気づいていくと、自分というものがあまり大事じゃなくなってくる（笑）。

釈　一種の媒介者というか、シャーマンのように自分を通して言葉を伝える感じですか。

小川　シャーマンみたいに口写しで表現できれば楽でしょうけど、凡人はそこが苦しむところで。一ついえるのは、『アンネの日記』から始まった作家人生の中で、少しずつ自分から解放されていったということです。自分が何者かを知りたくてものを書き始めたけれど、自分を知るには他者を知らないとならない。誰かを知ろうとして向き合うと、あるときその人が鏡のように私を映してくれる。そういうやり方でしか、自分とは向き合えないと思うようになりました。

釈　それは正しい気がします。例えば石牟礼道子さんが水俣病の被害者の苦悩を描いた『苦海浄土《くがいじょうど》』を読むと、「この問題に部外者はいない」と感じるんです。同じように、小川さんの『深き心の底より』というエッセイを読ませていただいたときも、自分自身が当事者であることを突きつけられたように感じました。生きることも死ぬことも、他者が抱える問題も、「あなた自身が当事者だ」と突きつけることこそ、他の領域にない文学の力だと思うんです。

小川　おっしゃるとおりで、シャーマンのように自分を通り道にして書けないのも、自分も当事者だと感じるからだと思います。『口笛の上手な白雪姫』の中にも、主人公がこれは自分の身代わりなんじゃないかと考える場面がいくつか出てきます。ノートに「かわいそうなこと」をリストアップしていく男の子も。

釈　ええ、シロナガスクジラとか。

小川　ツチブタですとか。自分が背負うべき苦悩を背負ってくれているんじゃないかと思うと、無視できず、書きつけておく。誰もが自分の身代わりに一瞬出会い、どう感謝していいのかわからないけど心を揺さぶられ、成長して、そこを

釈　通り過ぎていく。そういう話が多いんです。

他者は、決して自分と断絶した存在ではないということですよね。他者の中でもとりわけ死者は、日常の視界にも入らず、どこまでいっても理解できない。いわば絶対的な他者ですよね。そういう者の声に耳を澄ませる行為は、人間の根源的な部分に根差していると思うんです。

小川　それが、人間が誕生して以来、物語がいまだに書かれ、読み続けられている理由かもしれませんね。

釈　ええ。亡くなった人がいまここにいれば自分はどうふるまうか、どんな話をするのかと考え、その声を聞き、その目を意識して暮らす。そんなふうにこの場にいない存在に関心を払い続けることは、人間の人間たる部分といえます。

人間以外でもゴリラなどの類人猿は、仲間が視界から消えると、それを「死」と近い感覚で捉えるみたいです。でも、彼らは目に見える領域にしか反応せず、やがてその不在に無関心になっていく。それに対して人間は、「いなくなった者はまた戻ってくるのではないか」という感覚をもっている。その感覚が物語を生むといいますか。

小川　まさにお盆ですね。死んだ人が帰ってくる日を設定して、野菜の乗り物を用意したり、明かりを灯したりして待つ。それこそが物語です。そうやって「い

釈　まここにいない人を思うこと」が物語なのでしょうね。
その場合の物語は、これまで人類が生み出してきた多様なナラティヴを含む「物語り」ともいうべきものですよね。その意味で、小川さんのような「物語る人」が死者に反応するのは当然です。死者に対して何らかのアクセスやリアクションを取ってしまうのが、表現者の性だと思います。

不安は不安のまま置いておいていい

釈　いまここにいない人を思うことは、見えない世界をたぐり寄せるような作業ですよね。フロイトが面白い話を書き残しています。

あるとき自分の娘が外出するので、その息子、つまり孫を預かった。じっと観察していると、その子は母親がいない不安を紛らわそうと、手に持っていた糸巻車をポイっと投げて、向こう側に転がっていくのを悲しそうな顔で眺めている。「オー、オー（いない）」と言う。それから糸をたぐって糸巻車を引き寄せ、「ダー、ダー」と言うんです。ダーというのは「いま」「ここに」「いた」といった意味で、そうやって安心しては、また投げる動作を繰り返す。

フロイトはそこに、わざと不安と安心をつくり出して遊ぶ、人間の遊びの根

小川　源を見ます。と同時に、死者儀礼の意味も見いだすんです。亡くなった人を手元にたぐり寄せるような作業を儀式として行うことで、人は安心するんだという話を書いています。

釈　フロイトと一緒に留守番をする孫、というのが面白いですね。そして彼は、糸巻車が遠くへ行っても細い糸でちゃんと引き寄せられることを意識している。最近だと東日本大震災のときは、あれだけ多くの方が亡くなったことで人も社会も不安になり、何とかもう一度安心を取り戻さなければという状況になりましたよね。小川さんはあのとき、どこにおられましたか。

小川　書店でサイン会を開くため、東京におりました。人間って愚かだと思ったのは、大地震が起き、テレビでは恐ろしい津波の映像も流れている。到底サイン会どころではないのに、私は「その書店へ行かなければ」ということ以外、何も考えられなくなりまして。この約束さえ果たせば自分は安心を得られる、という本能的な反応だったと思うんですけど、結局、周りの人たちに止められました。極限状態に置かれた人間がいかに正確な判断をできないか。もしもああいう災害で当事者になったら、自分は何も書けないと思いました。

釈　そうでしたか。でも、小川さんの作品を読むことで、自分の中にある不安を落ち着かせたり、あるいは、不安は不安のまま置いておいていいんだと思える人はすごく多いと思いますよ。そこに関係すると思いますが、小川さんは金光《こんこう》教《きょう》のご家庭で育たれましたよね。

小川　はい。父の実家が金光教の教会で、私も小学生のころはその教会の離れに暮らしておりました。

釈　私もお寺で生まれ育ったので、子ども時代のエッセイなどを拝読すると、その雰囲気にすごく共感するんです。小川さんが描かれているように、うちのお寺にも絶えず人が出入りして、皆でお料理をしたり、ご飯を食べたり。居間にはいつも誰かがいて、近所のおじさんがお風呂に入ったりしていました。あるいは誰かが泣きながら、私の両親に夫婦間の悩みを相談している。それを居間の隅っこで聞くともなしに聞いていると、話がどんどん横すべりして、問題は何一つ解決していないのに、最後は皆、笑いながら帰って行く。そのときは、「この人たち、これでいいのかな」と思っていたんです。でも、いま思うと、あれこそ人が生きるすべだという気がするんです。

小川　よくわかります。私も子どものころは、教会の「お広前《ひろまえ》」という神聖なお参りの場所を走り回って遊んだりしていました。そこに信者さんがやって来て、私の祖父に懸命に何かを語る。おっしゃるように、それで何かが解決したとも思えない。というのは、祖父のせりふはいつも決まっているんです。

釈　ほう。

小川　「金光様にお届けしておきましょう」と、それだけ。座る位置も、信者さんと神様の間に横向きになり、左の耳から信者さんの言葉を聞いて、右の耳から神様に伝える。何かしら答えのようなものを告げるわけでもない。まさに「取次者」ですよね。

そういう場所で聞くともなく聞いた話は、知らずに自分の中に沈殿しているかもしれません。それに、教会では血縁関係のあるなしも、社会的地位も関係ない。皆さん、そういうものを全て脱ぎ捨ててその場へ来られるわけです。私も血のつながりのない信者のおばあさんに、心底かわいがってもらいました。そんなふうに、子どものころわけもわからず身の回りにあった体験は、理屈を超えたところで自分の作家活動、さらには人生そのものに大きな影響を与えていると思います。

宗教は語り尽くし、文学は一瞬を切り取る

釈　いまいわれた体験は、小川さんの人格全てを底支えしているように推察します。根源的なところで生きることへの安心感をおもちかもしれないし、不安を

不安のまま置いておくような作風も、そこに土台があるのかもしれない。小川さんの中には、この世で起きることは自分でデザインできない、突き詰めれば最後は「お任せ」しかないという感覚があるんじゃないですか。

小川　そうですね。現代人は、この苦しみの理由を知りたい、わかるように説明して自分を納得させてほしいという欲求が強いと思いますけど、私が子どものころ、家で何かもめ事が起きたとき、さんざん悩み、けんかしてバタバタした後の最終的な着地点は「金光様がどうにかしてくれるだろう」でしたから。

釈　そういうお任せの感性は、日本宗教文化の究極の部分ともいえます。宗教哲学の世界では、例えば一遍の「自力他力も最後は全てお任せ」といった態度を一つの到達点と考える人もいます。でも、そこにある種の救いがあるんじゃないかという感覚は、われわれ現代人の中にもありますよね。現実にはなかなかできなくても、全てを任せられたら救われるだろうと。

小川　キリスト教信者でいらした三浦綾子さんが、がんの疑いがあって病院で検査をされたとき、旦那さまはすごく不安なのに、ご本人は「神様がなさることだから何の心配もいらない」という態度で、静かに聖書を読んでいらしたと読んだことがあります。そういうことですよね、任せるというのは。

釈　そうですね。人類が生み出した究極の物語は、おそらく「神」と「来世」で、本当にそれらに身も心も任せられれば他の物語はいらない。そこに救いというものが成り立つんだろうと思います。

小川さんはエッセイの中で、「文学と宗教では救いの回路が異なる」と書かれていますよね。

小川 宗教が行きつく先としてお任せできるものに出合うということは、人間の視界に収まらない広大なものに出合うことだと思うんです。一方、小説が表現できるものは常に人間の断片でしかない。しかし、それは書かれる意味のある断片である。書かれなければなかったことにされるもの、けれど登場人物たちにとってはきらめく結晶のような断片を描く。そこに回路の違いがあると思います。

釈 宗教が、いわばこの世の始まりから終わりまで全てを語り尽くそうとするのに対して、小説はあくまで個別の事象を取り上げてこそ言葉が届くと。

小川 はい。でも、私、釈先生の『死では終わらない物語について書こうと思う』というご本を読ませていただいて驚いたんです。人の臨終の事例を編纂した『往生伝《おうじょうでん》』というものが平安時代からあったんですね。それはつまり、「往生の場面」という断片の集積ですよね。断片を集めて無限にしようとしたということでしょうか。

釈　ええ。ですから、そこは文学の手法に近いと思います。

小川　文学から出発して、宗教に至ろうとした？

釈　そうですね。文学を読んで「ここに自分のことが書いてある」と感じて救われる人がいるように、『往生伝』を読むことで死の恐怖から救われた人は少なくないと思います。当時としても愚直、愚鈍な人生を送った人の臨終を描きながら、最後に「この人の往生疑いなし」と一行添えてあったりする。それは、「そうだ、疑いない」と思わせる力だけの力をもっています。

小川　小川さんは、ノンフィクション作家の柳田邦男さんのご子息が亡くなる前に日記に残した一言を、「指で愛撫してしまう」とも書かれていますよね。ああいう感性にも近い気がします。

小川　柳田さんの息子さんが自死される前、心に苦しみを抱えて電車に乗っていたとき、窓から見える一本の樹木が「まだいるからね」といって自分を励ましてくれる、と日記に記されていて。そのお話を柳田さんがご本に書かれているんですけど、これこそ大変な断片ですよね。

釈　断片ですが、とても大きな領域を示していると思います。

小川　文学とは、そのように断片に一瞬に現れる真理を切り取って、本という枠の中に収めるものではないかと思います。宗教に枠がないのと反対に、本という

釈　小さな四角い枠の中に宇宙の一瞬を描き出す。けれど一方、宗教にとっても文学にとっても、例えば死はずっと重要なテーマですね。その意味で、実は宗教も文学も、ずっと同じことを考え続けているのではないかと思います。

今日は、小川文学の秘密にかなり触れられた気がします。良い時間をありがとうございました。

現代人にとっての幸福は、
「集中」にヒントがある。

予防医学研究者
石川善樹

いしかわ・よしき─1981年広島県生まれ。東京大学卒業後、ハーバード大学公衆衛生大学院修了、自治医科大学で博士号(医学)取得。専門は予防医学、行動科学、機械創造学など。「人がより良く生きるとは何か」をテーマに、企業や大学と学際的研究を行う。公益財団法人Well-being for Planet Earth代表理事。著書に『最後のダイエット』『疲れない脳をつくる生活習慣 働く人のためのマインドフルネス講座』『仕事はうかつに始めるな 働く人のための集中力マネジメント講座』『問い続ける力』『考え続ける力』『フルライフ 今日の仕事と10年先の目標と100年の人生をつなぐ時間戦略』など。

「痩せる」より「痩せたまま」が大事

釈 石川さんとは、NHKのニュース番組のコーナー『悩み相談　渋護寺』でご一緒したんですよね。お話も上手だし、サービス精神も旺盛。スタッフからも「善樹さん、善樹さん」と親しまれていました。もともとは、ダイエットの研究をされていたそうですけど。

石川 はい、そこから科学のキャリアをスタートしました。

釈 ダイエットというのは、取り組んだ人の八割がリバウンドするそうですね。

石川 少なく見積もって八割、実際は九八パーセントくらいの人がリバウンドしていると思います。しかも、ほとんどがダイエット前の体重より増えてしまう。研究者の間では、「人を最も確実に太らせる手段はダイエットだ」ともいわれています（笑）。

釈 はは あ。短期間で集中的に痩せても、それを維持するのは難しいということですか。

石川 そうですね。皆さん、「どうしたら痩せられるのか」を考えますよね。でも、僕自身は、主に「痩せたままでいる」ための研究をしていたんです。そのポイントは味覚を変えることに尽きるのではないか、という考えに至りました。

釈 味覚を変える。

石川 人間が何をおいしく感じるかというと、脂《あぶら》と糖です。この二つは摂れば摂るほど、もっと欲しくなる。

釈 そういえば、前に石川さんから、人間にとってチョコレートの魅力は抗しがたいと聞きました。

石川 チョコレートを食べて感じる快楽は、セックスを上回るという説もあります。やめなければとわかっていてもチョコレートやケーキを食べ続けてしまう人は、味覚がおかしくなっています。そこから抜け出すには、脂と糖にまみれた味覚を整えて、うま味を感じられるようにするといい。お吸い物を飲むと、ふーっと気分が落ち着いたりしますよね。うま味をしっかり感じられると、脂や糖、塩分が少なくても食事から深い満足感を得られます。

では、うま味をよりよく感じるにはどうすればいいかというと、口腔内科で口の中をきれいに整えてもらうことも有効です。だから、意外かもしれませんが、ダイエットは歯医者さんから始めてみるのも手です。

釈 ちょっと意外ですよね。

石川 実は、味覚は簡単に変えられます。例えば、プチ断食をすると味覚が鋭くな

釈　ることは以前から知られていて。
　それは私もやったことがあります。終わった後、食パンがものすごく塩辛く感じた。

石川　東北大学の笹野高嗣《ささのたかし》さんという歯学の先生は、味覚障害の改善のため、昆布やかつお節で取っただしで毎日うがいをすることを勧めています。これは世界的発見といわれていて、二週間程度で効果があるそうです。

釈　そういうことをして味覚が整うと、痩せた状態が続く。

石川　労せずして痩せたままでいられます。

われわれは脳にだまされている

釈　石川さんは、いまは脳科学などをベースに「脳とどうつき合うか」を研究されていますよね。われわれは、自分の意志でしていると思っていることでも、実は脳の反応に動かされているだけだったりする。「自分の脳にだまされている」といいますか。

石川　まさにだまされているんです。例えば、男女の恋愛差がどこからくるのかという話があります。

釈　ええ。

石川　例えば男性の脳は、フォルムに刺激を受けやすいという特徴があります。わかりやすくいうと3D《スリーディー》に弱い。車を見て、「このカーブがたまらない」などと興奮するのは男だけですよね。男が女性に惹かれるのも、単に脳が女性の形に反応しているだけだったりするんです。

釈　脳には、そんなふうに性による差がかなりあるんですか。

石川　脳の構造は男も女も同じですけど、ホルモンなどの影響で機能が違います。男が物を立体的に捉えるのに対して、女性は平面的に見る。だから、冷蔵庫を開けたとき、手前の物ばかり見て、奥にある物を見つけにくかったりします。

こういう違いは、ストレスの対処法にも現れるんですよ。よく妻が愚痴をいうと、夫はすぐに問題への解決策を示そうとしますよね。で、妻に「そういうことじゃなくて」といわれると、急にプイッと横を向いて会話を打ち切ったりする。

釈　それは身に覚えが……。心当たりがある人は多いんじゃないですか。そういうのを知的態度と勘違いしている人もいたりして。

石川　でも、これは単純にストレス反応なんです。ストレスがたまったとき、男には基本的に「戦う」「逃げる」の二つの反応しかない。解決策を出すのは戦おうとしているからで、会話をやめるのは逃げているから。なぜなら、男性はストレスがたまると心拍数がどんどん上がる。人は心拍数が一分当たり一〇〇を超えると、基本的になぐり掛かるようにできています。

釈 えーっ。

石川 だから、男が急に席を立つのは、相手をなぐらないための優しさでもあるんです。でも、女性には理解してもらえず、「なんで話をやめるの?」と不穏な状況に陥ったり。

釈 女性には、ずっと自分の愚痴を聞いて欲しいという気持ちがあるようですね。

石川 それもホルモンの影響です。ストレスを受けるとオキシトシンという物質が分泌されるんですけど、それが女性ホルモンと結びつくと、相乗効果で「わかり合いたい」「しゃべりたい」という第三のストレス反応が現れます。面白いのは、愚痴をいっている間、脳内ではストレス状況が再現されているので、「ストレスを受ける↓愚痴を吐き出す↓また脳でストレスがたまる」という一種の自家発電状態になっている。

釈 右手で頭にシャンプーをかけながら、左手で泡を洗い流しているような(笑)。それだけ女性はストレスに強いともいえますか。

石川 ストレス耐性は、女性のほうが高いです。男女の寿命の差もそこにあるといわれていて。戦前までは感染症で亡くなるケースが多かったので、男女の寿命は変わらなかった。でも、戦後、主な死因に心臓病が入ってくると、世界中で女性の寿命が男性を上回り始めます。心臓はストレスの影響を受けやすいんですけど、女性はしゃべることでストレス発散できているんだろうと（笑）。

釈　それにつき合う側は大変ですよね。

石川　だから、僕は、女性がしゃべっているときの男性の心拍数を見える化すべきだと思うんです。夫を妻の愚痴から守るために。

釈　あはは。でも、そういう脳の違いを知っておけば、コミュニケーションも少し円滑になりそうですよ。

仕事はうかつに終えてはいけない

釈　石川さんの『仕事はうかつに始めるな』というご著作によれば、現代人が集中できる時間はどんどん短くなっているそうですね。もはや「金魚以下」だとあって驚きました。

石川　金魚の集中は九秒くらい続くのに、二〇一五年にマイクロソフトが行った調査では、現代人が連続して集中できる時間はほぼ八秒。われわれは、一〇秒も

釈　すればスマホに手を伸ばしている。平均的なビジネスパーソンは、一時間に三〇回メールを見ているともいいます。

石川　三〇回！

釈　実際そうだと思うんです。いまは集中しようとしても、手近に便利な暇つぶしのツールがある。ネットのニュースは五秒で見られるので、ついアクセスしてはまり込んだり、絶えずSNSをチェックしたり。そこからまた刺激が入るので、いよいよ集中できません。

石川　自分の経験からいうと、仕事をするときは、ギューッと対象に集中する時間と、そこからパッと解放される時間の両方があると、はかどる気がするんです。でも、いまは、そのどちらでもない中間状態がダラダラ続くような。

釈　おっしゃるとおりです。その対策は、まずスマホのように気を散らせるものを徹底的に遠ざけること。それから、「いかに仕事を終えるか」が大事です。先ほど紹介いただいた私の本の中でも、本当にいいたかったのはそこなんです。

石川　ご本にも、われわれの社会は仕事始めの時間にはすごく厳密なのに、終わりの時間はあまり意識されていないと。

釈　特に、最近の仕事は終わりが見えにくい。農作業は日が沈めばやめざるを得ないし、工場も定時でストップしますよね。でも、頭脳労働は家でもできるので、うっかりすると脳内ではいつまでも仕事が終わらず、気になったままの状態が続いてしまいます。本当に集中するには、集中していない時間に脳をきちんとリカバリーしなければいけないのに、それができないままどんどん疲弊してしまう。

釈 どう対処すればいいんですか。

石川 よく業務改善法としてPDCAサイクル（plan-do-check-act）が使われますが、その中でもC、つまりチェックが重要です。皆さん、To Doリストはつくるけど、仕事終わりにその日の出来を評価するTo Checkリストはつくらない。でも、脳は一日をふり返って良し悪しを評価し、さらに「明日はこうしよう」というところまで整理できて初めて、今日の仕事が終わったと認識します。仕事終わりに明日やるべきことを整理しておけば、翌日もすぐ仕事に集中できる。さらにいえば、チェックすべきは作業だけでなく、いちばん見過ごされがちなのが感情です。

釈 感情といいますと？

石川 仕事中にどういう感情が生まれたか。ハーバード・ビジネススクールのある先生は、一日の仕事を終えたら必ずその場でふり返り、最も印象的だったことを一行でも書くよう勧めています。それが五日たまると、何らかの気づきがあ

釈 る。ずっと「楽しい」という感想だけが続くのもおかしいんです。本気で何かに挑戦しているときは、失敗や恥ずかしい思いもするはずなので。「何の感情も生まれない」が続いたら、仕事が惰性になっているかもしれないので何かを変えたほうがいい。「むかつく」という怒りが三日重なれば、具体的に何に対する怒りなのかを整理してみる。

石川 感情の再点検ですね。それによって、自分の現状が見えてくる。

釈 感情は勝手に沸いてくるものなので、それ自体、コントロールできませんよね。でも、沸き上がった感情とどう向き合うかはコントロールできる。

石川 それはかなり仏教的な手法です。

と同時に、いま世界のビジネス界で研究されている分野でもあります。人間は感情の生き物なので、結局、自分がどういう感情を経験したいかが大事だと思うんです。不安が一週間も続いたら、「自分は不安を感じるために働いているのか」という見直しをしたほうがいい。感情を無視してやるべきことばかりやっていると、心はどんどんつらくなります。それでネットやお酒に逃げ込んでしまうことになる……。

釈 自分の感情を掘り下げることなく、単に気を紛らわせているだけだと、気づかないうちにダメージが積み重なる。悪くすれば、心身に破綻を来たすかも。

石川　それを避けるためにも、一日のふり返りを習慣にしてほしい。仕事はうかつに終えるな、という話なんです（笑）。

ゲームをやるなら、ちゃんとやれ

釈　もう一つ、石川さんには、ゲームのことを伺いたかったんです。最近はゲームにはまる子どもが多くて、私のところにも心配した親御さんが相談に来られます。石川さんは、『渋護寺』にそういう相談がきたとき、「ゲームはいくらやっても問題ない」と断言されていましたよね。

石川　もちろん程度によると思います。運動もやりすぎると健康を害しますし、ゲームも同様です。ただ一般論として、「ゲームは（おおむね）脳に悪影響を与えない」という調査結果が報告されています。面白いのは、どういうゲームをやるかによって、脳への影響度が違うみたいなんです。

釈　ゲームの種類ですか？

石川　たとえば、ネット上で皆が協力して行うゲームなんかは、脳の発達にポジティブな影響を与えることもわかってきています。

釈　でも、一定の中毒性はありそうですよね。それは悪影響を……。

石川　おっしゃる通り、寝る間も惜しんで中毒的になってしまっては元も子もありません。ただそうなる前に、「どういう姿勢でゲームに取り組んでいるのか」を見てあげることが重要です。たとえば自分の子どもがゲームをやりたがっていたら、僕なら「ゲームをやるなら、ちゃんとやれ」というでしょうね。ゲームは基本的に楽しいもので、そういう楽しいものすらマスターできない人間に、いったい何ができるのかと思うので（笑）。

ゲームのルールは社会の縮図でもあるし、対戦ゲームには勝ち負けもあります。負けたとき、自分の子はどんなふうに悔しがるのか、勝って慢心したりしないか、結果とプロセスのどちらを大事にするか。そういう反応を観察すると、親も自分の子どもについて多くを学べますよ。

釈　単にゲームを嫌悪してやめさせようとするのは、具合が悪いわけですね。親もゲームを介して子どものことを学べるという視点は面白いなあ。

平凡な日常の裏に隠されたストーリー

釈　いまのお話と関係するんですけど、最近の若者は宗教的感性がすごくいいと思うんです。われわれより少し上の世代は、そういう感性が鈍かった。伝統的な価値観を壊すことが格好いい、無宗教こそが知性のあかしだ、と考える世代ですから。では、なぜいまの若者の感性が豊かかというと、サブカルチャーで鍛えられている気がするんです。最近のゲームやアニメには、宗教的テーマがたくさん盛り込まれているでしょう。よくあるチープな恋愛ストーリーも、「生まれ変わり」の物語をからめたりすることで、ぐっと奥行きが出る。つくり手も、それが若者に響くとわかっていて取り入れているように思えるんです。

石川　それはあると思いますね。そこにはたぶん理由があって。高度経済成長期に育った人は、「自分たちが頑張れば人生も社会もいい方向に進む」という、ある種のコントロール感をもっていた。そういう時代に宗教はあまり必要とされません。

一方、いまの若者には、「同じような時代がずっと続いていて、自分たちが何をしたところでそれを変えることはできない」という意識が強い。だから、自分以外の何かにすがりつきたくなるのかもしれません。少し前になりますが、『涼宮《すずみや》ハルヒの憂鬱』というアニメが大ヒットしたんですけど、そこで描かれるのは平凡な高校生の平凡な日常なんです。でも、それが「実は主人公は地球の運命を握っていた」という壮大なストーリーになっていく。

釈　平凡な日常の裏に、隠されたストーリーがあるという図式ですね。描かれる日常が平凡であればあるほど、自分に近いものとして共感できる。一方で、その裏にある見えない秩序や現実とは別の世界に憧れる。変化に乏しい社会の中で「終わりなき日常」を意識するからこそ、現実を超えるような物語を求めるのかもしれません。

石川　それは、いい大学を出て大企業に入れば幸せという過去の幻想が崩れたせいかもしれませんね。

釈　そういう人生を選んだ親世代が、あまり幸せそうに見えないのは大きいでしょうね。いまの若者には、もう親世代の物語や文脈には乗れないという意識があると思います。

第三の幸福は「フロー体験」である

石川　いまは、「いい人生」とは何かが見えにくくなっていると思うんです。すごくおおざっぱにいうと、かつては「立派な家や家具に囲まれた、伝統と格式のヨーロッパ系ラグジュアリー」「リッチだけど、エコや座禅に関心の高い米国系セレブ」の二つがいい人生やいい暮らしの象徴だった。でも、最近の子はそのどちらにも惹かれない。かといって、質素倹約がいいわけでもない。「いい人生」の再定義が必要でしょうけど、それは「一〇億円を手にしたとき、あなたは何に使いますか」という問いに近いと思うんです。昔は高級車や豪邸を欲しがった。でも、いまの若者は「車とか家とか、いらなくね？」って。

釈　女性向けのファッション誌も、前は「これがトレンド！」と購買意欲をあおることで読者を引きつけたのに、最近はそういう路線に読者がぜんぜん乗ってくれないと聞きます。

石川　少し前の女性誌の特集に「だって、幸せそうに見られたい」とあって。「幸せそう」の中身は、素敵な旦那に愛され、記念日にはプレゼントを贈られ、子どもから「お母さん、ありがとう」と書いた手紙をもらう、みたいなことなんです。そういうのを、いまはインスタやフェイスブックに上げる。他人から「幸せそう」に見られるために。

釈　人がうらやむ暮らしをしたい、人が憧れる仕事に就きたい。よく考えたら、それは本当に自分がしたがっていることとは違うのに、とにかく他人が欲しがるものを手に入れたいと願うのは、「他者の欲望に生きる」という人間の陥りがちな罠です。そういう生き方をしている限り、他人が不幸にならないと自分が幸せにならないという、ずいぶんゆがんだ話になります。

そもそも「幸福とは何か」が問われているのかもしれませんね。面白いのは、

石川 石川さんは、さっき出た集中と幸福の関係に注目されていますよね。高い集中がもたらすフローという状態を〝第三の幸福〟といわれて。

石川 人間の幸せは、古代ギリシャ以降、「快楽」と「意味」の二種類と考えられてきたんです。前者は「ケーキを食べておいしかった」といったわかりやすい幸せで、後者は世のため人のためになることに幸せを感じるというもの。ところが、一九七〇年代にミハイ・チクセントミハイという心理学者が、新たに「フロー」という概念を提唱します。これは「いまこの瞬間」「この行為」に全人的に没入した超集中状態の中で得られる感覚で、スポーツの世界では「ゾーン」などとも呼ばれます。公園の砂場で夢中になって遊んでいる子どもに、「忙しくて大変ですね」とは言わないですよね。

釈 勤勉だなあとも思わない（笑）。

石川 あれも、いわばフローの状態です。フローは理性の下がった状態なので、子どもは特に入りやすい。あるいは、いまこの瞬間に集中しているロッククライマーやジャズ演奏家、真剣に難問を解こうとしている数学者。ロッククライミングって、決して快楽じゃないですよね。意味があるかといえば、別にない。

釈 うん、そうですね。

石川 でも、一心不乱にその行為に没入しているとき、人は喜びを感じるし、パフォーマンスも高くなる。では、どうしたらフローに入れるかというと、グッと強いストレスが掛かった後、一気にリラックスすると入りやすいことがわかっています。そのとき自己中心性から抜け出し、世界との一体感が生まれる。スピードスケートの清水宏保選手によれば、スタート時に集中すると、パーンというピストルの音に反応するのではなく、自分がピストルを引かせている感覚があるそうです。

釈　それは普通の生活でも起こるんでしょうか。

石川　仕事の締め切りが迫っているときなどに。それも、ヤバイ、ヤバイと慌てている状態から、「仕方ない、できなくてもやるか」と、ふっとリラックスしたときに入りやすい。カフェなどで何時間もおしゃべりしているときなども、弱いフロー状態といえます。後でふり返ると、それがすごく幸せな時間だったと。

釈　人間の幸せって面白いですね。もはや生活に必要な物はたいていもっているから、物を手に入れる「快楽」は低減している。かといって、いい大学に行っていい会社に入るという「意味」にも乗れない。フロー体験のようなものが、これから新しい幸福のテーマになっていくかもしれません。

石川　そう思います。いまわれわれにとって、いかに「集中」を扱うかは人生の質と直結する問題になっている。それは、見失った幸せのヒントにもなる。フロー脳に振り回される現代人の悩みに対する、のような新しい幸福を考えることが、一つのヒントになる予感がします。

演劇や芸術には
「人を育てる力」がある。

劇作家、演出家
平田オリザ

ひらた・おりざ―1962年東京生まれ。国際基督教大学教養学部卒。95年『東京ノート』で第39回岸田國士戯曲賞、2002年『上野動物園再々々襲撃』で第9回読売演劇大賞優秀作品賞、03年『その河をこえて、五月』で第2回朝日舞台芸術賞グランプリ、19年『日本文学盛衰史』で第22回鶴屋南北戯曲賞受賞。11年フランス文化通信省より芸術文化勲章シュヴァリエ受勲。劇団「青年団」主宰。こまばアゴラ劇場芸術総監督。21年より、兵庫県豊岡市に開校した芸術文化観光専門職大学学長。『芸術立国論』(AITC評論家賞)『わかりあえないことから』『下り坂をそろそろと下る』など著書多数。

人間には「自然に歩く」という状態はない

釈　最初に一つ、平田さんに伺いたいことがありまして。よくテレビ番組の撮影などで、「自然に歩いてください」といわれるんですよ。でも、自然に歩こうとすればするほど、スタッフの人たちが笑ってしまうくらい、ぎこちなくなる(笑)。何かいい方法はないでしょうか。

平田　それは簡単な話で、人間には「自然に歩く」という状態はないんです。われわれは歩くとき、必ず何か目的をもっている。散歩でも、風景を見たり、考えごとをしたりしながら歩きますよね。目的がないと、どうしても歩き方がぎこちなくなります。手や足をどうしていいかわからなくて。

釈　そうそう、そうなんです。

平田　そういうときは、例えば手に何かを持つといい。舞台の演出をするときも、俳優たちに「そこはちょっと道具に頼って」などといっています。プロの俳優でも、コップを手にしたり、テーブルを触ったりすると演技がずいぶんナチュラルになります。

釈　ははあ、なるほど。

平田　あとは風景のどこかを見ながら歩く。認知心理学の研究者と長く共同研究を行っているんですけど、そこからわかったのは、人間の脳では「視覚」と「行為」が結びついているらしいということです。何かを記憶するときは、「このコップを見たら、このせりふをいう」などとこの二つを関連づけて覚えるので、舞台でも、それまで置いてあった小道具のうちどれか一つを隠すと、俳優が特定のせりふをいえなくなったりします。

　ですから、歩くときも、「見る」と「歩く」を関連づけたほうが、自然に歩けると思いますよ。

釈　すごくいいことを伺いました。ありがとうございます。

「共同幻想」がリアルになる瞬間

釈　平田さんと劇団「青年団」の活動を、ドキュメンタリー作家の想田和弘《そうだかずひろ》さんが記録した『演劇1』『演劇2』という映画がありますよね。私、あのDVDを、発売されてすぐ拝見しまして。

平田　そうでしたか。お恥ずかしい（笑）。

釈　いえいえ（笑）。あの中に、大変印象に残る場面があったんです。二人の俳

平田

優さんが架空の縄を回していて、他の俳優さんたちが「目の前に縄跳びがある」という前提で順番に跳んでいく。皆さん、すごく真剣に跳ぶタイミングを見はからって。見えない縄が実体化するのを見ていると、ある種の共同幻想がリアルになる瞬間、もっといえば宗教が誕生する瞬間を目撃している気分になりました。

その場にいる人たちにとって、目の前に縄があることは紛れもない真実なんですよね。これは、われわれの社会や宗教の構造にも通じます。社会も宗教も、皆である種の虚構を共有することで成り立っているわけですから。演劇とは、人間ならではの営みを如実に映し出すものだと感心しました。

なるほど。おっしゃるとおり、古今東西、宗教と演劇は不可分の関係にありますよね。どちらも、おそらくいまから二、三万年前の、ホモ・サピエンスの時代に同時発生的に生まれてきた。起源には諸説ありますけど、僕はこんなふうに考えています。

われわれの祖先はゴリラやチンパンジーのような類人猿とは違って、「群れ」と「家族」、二つの共同体に所属していた。だから、お父さんは仲間と狩りをして戻ってくると、「こんな大きなマンモスがいてさ」と家族に伝える必要があった。伝え方のうまい者は、その大きさを絵に描いたり、言葉で説明したり、マンモスの足音で表わしたかもしれない。これが演劇、あるいは芸術の起源になった。

釈　同時に、人間には記憶がある。だから、「昔、この村で巨大なマンモスがとれた」といったいい伝えが残っていくけれど、それも伝わるうちに中身が変化する。やがてその巨大さが現実をはるかに超え、さらには抽象化されて、宗教のようなものになっていったんじゃないかと思うんです。

人間の思惑を超えてシステムが勝手に動き出し、人間を超える存在として動き続けるという図式ですね。

平田　はい。ですから、宗教と演劇、宗教とコミュニケーションは分かちがたいものだと、僕も思います。

ダブルバインドを引き受ける覚悟

釈　今日、ぜひ伺いたいのは演劇と教育のお話なんです。平田さんは、演劇を通して教育に深く関わってこられましたよね。ご著作の中で「最近の企業は新入社員に『自主性』と『従順さ』という相反する要素を求めている」と書かれていますけど、この言葉はいまの大学教育が抱える苦渋をじつによく表している

平田　と思うんです。ロボットに異なるコマンドを矢継ぎ早に出すとフリーズすると
いう例も出されていますけど、いまの高校生や大学生はまさにそういう状況に
置かれているわけですよね。
心理学でいうダブルバインド状態ですよね。この二〇年ほどコミュニケー
ション教育が重視されるようになって、小学校のころから、ロジカルシンキン
グやクリティカルシンキングが大事だ、自分の意見ははっきり述べよ、などと
教わるようになりました。ところが、学校で本当にはっきり意見をいうと、「お
前、なに目立ってるんだ」と仲間からいじめられ、教師から「空気を読めよ」
と注意されたりする。
就職活動も同じで、企業も表向きは「主体性のある人材を求める」といいな
がら、本当に主体性があって自己主張が強いタイプは「うちでは難しい」など
と敬遠される。学生は企業が何を望んでいるのかわからないし、第一、企業自
体がわかっていない。こういう状況が就活生の、もっといえば現代の子どもた
ちの精神をむしばんでいると思います。

釈　ダブルバインド理論を提唱した人類学者のベイトソンは、禅の公案を例に挙
げながら、「自覚的ダブルバインドは人を成長させる」ともいっています。い
まの日本の問題は、それが無自覚に行われていることですよね。

平田　ええ、ダブルバインド自体が悪いわけではない。むしろ日本のような極東の島国が国際社会で生きていくためには、コミュニケーションにおけるダブルバインドを引き受けざるを得ないと思います。なぜなら、日本は長い間、似たような価値観や習慣をもつ者同士が察し合い、わかり合う文化を培ってきました。でも、これからは、多様化し国際化する社会の中で、異なる文化や価値観をもつ人たちに自分の考えを伝えられないとならない。いま必要なのは、この二重性に自覚的になることです。

こういう話を高校生向けの講演会ですると、「自覚的になるのはわかったけど、それでどうすればいいんですか」って聞かれるんです。そういうときは「学校で教師がダブルバインドを掛けてきたら、『先生も大変だな』と思ってください」と答えています（笑）。

釈　「先生も大変」というマインド設定に（笑）。でも、確かに、自分たちの状況を自覚するだけでも、ずいぶん心身のバランスが良くなりそうです。

なぜ教育に演劇が役立つのか

釈　平田さんは、いまいわれたようなコミュニケーションの問題を解決するために、教育に演劇を取り入れることを提唱されていますよね。例えば大学に演劇科をつくるだけでも、流れはずいぶん変わるはずだと。

平田　日本以外の先進国では、国立大学に演劇学部があったり、国立の演劇学校があったりするわけです。アメリカのリベラルアーツ系の大学には必ず演劇コースがあって、そこが他学部向けにコミュニケーションの授業を提供したりする。演劇を副専攻にする学生も多く、就職のときもそれがコミュニケーションのキャリアとみなされます。日本でも、最近はやたらとコミュニケーション能力の大切さがいわれるようになって、教育に演劇を取り入れようという空気が生まれています。

演劇がなぜ教育に役立つかというと、深い学びにつながるさまざまな要素が入っているからです。さっき、「人が何かを記憶するときは視覚と行為を結びつける」といいましたけど、とりわけ長期的な記憶はさまざまな新鮮な体験の組み合わせで起こるらしい。だから、教育現場でも、子どもにものを教えるときはメチャクチャに教えたほうがいいんです。

釈　メチャクチャに？

平田　例えば星座の名前を覚えるとき、教室で先生から習うより、キャンプ場でお父さんから教わるほうがよく覚えられますよね。それは、川のせせらぎ、たき火の残り香、お父さんの笑顔など、そこにあるさまざまな要素と一緒に記憶することで深い学びになるからです。逆にいうと、教室で合理的に教えるだけでは本当の学びにつながりにくい。その点、演劇には言葉や動きや音など、多様な要素が入っていますから。

釈　ああ、なるほど。

平田　もう一つ演劇がいいのは、わざわざキャンプ場まで出掛けなくても、教室にいながらにして疑似体験ができるところです。いまは少子化の影響で、小・中学校を通して組替えなしという地域も珍しくありません。そこで表現力を高めようとスピーチの授業をしても、互いによく知り過ぎているから、改めて聞きたいことも話したいこともない。本来、何かを表現するには「他者」が必要です。そんなとき、例えば転校生を演じれば自分が他者になって話せます。

かつてコミュニケーションの能力はごっこ遊びのような子どもの遊びの中で養われましたけど、最近は子ども同士で遊ぶことも、子どもが知らない大人と関わる機会も減っている。演劇はフィクションの力を借りることで、そういう他者や社会との接点を補い、コミュニケーションの力を育てられるわけです。

認知症の人に演じることで寄り添う

釈　魅力的なお話ですね。最近はよく「知性の劣化」が指摘されますけど、社会学の領域などでは、それより「感情の劣化」が深刻だともいわれています。これは思い当たる節があるんです。私はむつみ庵という認知症の方々のグループホームを運営しているんですけど、高齢者福祉に関わっていると、老化によって記憶や認知能力だけでなく、感情も低下することがわかる。すると、すごく自分勝手になったり、人の痛みがわからなくなったり、攻撃的になったりします。

でも、いまはそういう老化の作用とは別に、そもそも感情が未成熟な人が増えている気がするんです。そのために、現実にはあり得ないようなシンプルな物語に簡単に飛びついてしまったりする。この傾向を変えていくには、アートや音楽、宗教といったものを、教育がもう一度手元に引き寄せる必要があるんじゃないかと思うんです。

平田　そこでまず大事なのは、子どものうちから本物に触れさせることですね。いまは黙っていても情報が大量に流れ込んでくるので、そういう体験がないと押

釈

し流されてしまう。もう一つは学校教育。人間の脳には感情や情動をつかさどる大脳辺縁系と、記憶や計算をつかさどる新皮質があって、これまでは主に新皮質を育てるような教育をしてきました。国語でも、「この作者の意図を五〇字以内で答えよ」などと論理性を鍛えてきた。でも、これからは言葉や音、色を直感的に楽しむ力、いわば「感じる力」を育てることが重要だと思います。

じつは感じる力は、いまいわれた認知症にも関係していて。東北大学医学部の藤井昌彦先生が「演劇情動療法」というのを研究されているんです。最近の脳科学では、認知症になると新皮質が弱る一方、大脳辺縁系は活性化するんじゃないかともいわれている。藤井先生は、ならば認知症の人は怒りっぽいだけでなく、喜ぶ力も高まっているはずだと考えて、俳優や演劇のワークショップを受けた介護士さんなどが介護に関わることを提唱されています。

どうするかというと、認知症の人が「お財布に入っていた一万円札がない、あんた、盗んだでしょ」といったとき、以前なら「いやいや、そこに忘れたでしょ」と新皮質に訴えて論理的に答えていたのを、「えっ、ないの？　大変だねえ」と一緒に驚いて探してあげる。一五分も探すと疲れてきて、「ちょっとお茶でも飲もうか」となる（笑）。

むつみ庵のスタッフにも、そういうことを実践で身につけた人がいます。おばあちゃんが自分の娘だと思って九州弁で話しかけてきたら、ちゃんと九州弁で答えたりして（笑）。それは共感力の高い人なんですよ。

平田 おっしゃるとおりです。

釈 演じるって、「自分」というものをカッコに入れるような行為ですよね。自分を維持したまま相手に寄り添おうとしてもうまくいかない。お年寄りが「家に帰りたい。駅はどこ？　バス停はどこ？」となったとき、自分の都合や思いをいったんカッコに入れて、「私もわからないんですよ」と歩調を合わせると、「あら、あんたも」と落ち着く。

平田 それが演じるということですよね。「うそをつく」というと後ろめたいけど、「演じる」は英語でプレイというように、本来楽しいことなんです。この演劇情動療法は介護者のストレスも軽減させるし、患者さんへの薬が半減した病院もある。効果が期待されて、かなり広まってきています。

教育とコミュニティが壊れる都市

釈 もう一つ、平田さんは文化政策などを通して、これまでさまざまな地方と関わってこられましたよね。二〇一九年にご自身も劇団ごと兵庫県の豊岡市に移り住まれましたけど、これはずいぶん大きな決断だったんじゃないですか。

平田　まあ、うちは祖父の代まで兵庫県の赤穂《あこう》で薬問屋をしていたらしいので、私自身はぜんぜん平気だったんですが（笑）。

移住の理由の一つは、子どもが小さかったことです。私は東京都目黒区の駒《こま》場《ば》という町で生まれ育って、自分の子も自分と同じく地元の公立小学校へ通わせたいと思っていました。でも、駒場は東大が近いこともあって、その小学校もまるで超名門校みたいになっている。児童の七割が私立中学を受験するので、結果として近くの公立中学には私立に行けなかった子ばかりが集まってきます。親として、その環境に多少のリスクを感じざるを得ない。私のような中間層世帯までなんとか子どもを私立に入れようとする背景には、自分の子が社会の底辺に押しやられることへの強迫観念があると思います。本来、いろんな普通の子が集まるはずの公立学校が、いまや「普通」でなくなっている。東京の教育はかなり危険な状態です。

釈　そうなんですか。

平田　さらに、東京では普通のコミュニティも壊れています。東日本大震災の後、都内のコンビニで商品が売り切れました。私が地元の商店街のパン屋さんに食パンを買いに行ったら、「おたくは劇団をやっていて大変でしょう。うちは小

釈

麦のストックがあるので、困ったらいってくださいね」といっていただいてありがたくて。ところが、そういうお店にも見知らぬお客がやって来て、パンをまとめ買いしていく。

あるいは、ある高層マンションでは、子どもの安全を守るという名目で住民がエレベーターで声を掛け合うことも禁止になりました。何千人も暮らす集合住宅では誰が知り合いで誰がそうでないかわからないから、まとめて禁じてしまおうと。これらは皆、コミュニティが機能しなくなっているサインだと思うんです。

かつて都市は、田舎のような地縁・血縁がなくても、人がフェアに扱ってもらえる場所でしたよね。でも、それも行き過ぎれば、人間が安心して暮らせる場ではなくなるのかもしれませんね。

一方で、地方の衰退も深刻です。先輩の僧侶が、まさに豊岡市の駅前にある民家を使って、認知症の方々のグループホームをやっていまして。私も何度か訪ねて行きましたけど、その方に限らず、住職という職業は引っ越しがないので、皆すごく真剣に地域のことを考えているんです。でも、最近は過疎化が進み、もうここでは暮らせないとお寺を離れる住職も増えている。住職のいないお寺が増えているかどうかは、その地域の先行きを見通す一つの指標にもなっている気がします。

「入会地《いりあいち》」のような空間をつくれ

平田 そういう状況を変えるのは、なかなか難しいですよね。私はよく地方の講演などで、「センスのいい首長さんを選んでください」といっています。やはり、上に立つ人のセンスは大きい。特に私が関わってきた文化政策の分野は、自治体ごとの差が開きやすい半面、頑張る自治体にはまだまだ伸びしろが期待できる分野ですから。

釈 豊岡市は前の市長さんがユニークな人で、城崎《きのさき》温泉などもすごく面白くなったんですよね。

平田 豊岡はその市長さんが中心になって、一度は絶滅したコウノトリを再生させた町なんです。いまは二〇〇羽ほどが野生復帰していますけど、コウノトリは肉食なので田んぼにカエルやフナがいないと暮らせない。そこで、農家を説得して無農薬・減農薬の田んぼを増やし、コンクリートの用水路を土に戻したり、冬も田んぼに水を張って餌場を確保するような努力を重ねました。そうして育てた米を、「コウノトリ育むお米」という名で売り出して成功した。そうなるとさらに品種改良も進み、休耕田を集約して大規模化したり、田んぼの水量をセンサーでチェックするような技術革新も起きてきます。つまり、農業に未来が見えてきた。

釈　いい循環ですよね。

平田　二〇一四年には県営の複合施設をリニューアルして、舞台芸術の活動拠点となる城崎国際アートセンターをオープンし、そこを軸に「アーティストも住める街」というコンセプトをIターン戦略の中核に据えてきたんです。

アーティストのようなわがままで弱々しい人たちも受け入れるということは、よそ者を排除しない、リベラルでオープンな街をつくるということですよね。いまは若者が地方に移住するケースも増えていますけど、都会育ちの子は田舎のしがらみに耐えられない。移住担当の人にそういうと、「えっ、祭りにも参加してもらえないんですか」「そんなわがままな……」っていうんです（笑）。でも、本気で移住者に来て欲しいなら、その狭いストライクゾーンにはまる街をつくっていかないといけない。

それはかつての地縁・血縁型の共同体でも、利益追求に偏る都市型の社会でもない。僕は「関心共同体」と呼んでいますけど、自分の趣味嗜好に合わせて出入り自由で、最低限のルールを守れば、それ以上は強制されない場所。山や水源を共有しつつ、山菜も採り過ぎず、水も汚さず、皆で田植えをする必要もない――「入会地」のような空間。これからはそういうコモンズ的なエリアを、どう拡大していけるかがポイントだと思います。

釈　最近は自治体の半数が消えるなどともいわれて、マクロで日本を眺めるとつい悲観的になりますよね。でも、いまのお話のように、ミクロの目で個別の事例を見ていくと希望が湧いてくる。私も、積極的に明るいストーリーを語っていきたいと思います。近ごろは学生の中にも、地方の問題への関心が高まっていますし。

平田　文化や観光を通して、地元に貢献したいという若者は少なくないですよね。この分野は可能性が大きい割に、まだまだ人手不足。人材も育てていかないと。

釈　そこに、平田さんが豊岡で取り組む新しい教育が生きていくんでしょうね。演劇や芸術がもつ「人を育てる力」が、豊かに発揮されることを願っています。

初出

・打たれてもめげない「直球勝負」が大事です。――羽生善治　『Fole』2014年4月
・何かを諦めたほうが、手に入るものがある。――為末 大　『Fole』2014年8月
・「物語」の力をいま取り戻せ。――いとうせいこう　『Fole』2015年5月
・「依存先」が多いほど、人は自立できる。――熊谷晋一郎　『Fole』2015年10月
・この世界にあふれる「問題」は、互いにつながっているのです。――国谷裕子　『Fole』2018年3月
・「日本語」は人の心を優しく開かせる言葉です。――黒川伊保子　『Fole』2016年10月
・「家族」と「共同体」のために生きる。それが人生をもつということ。――山極壽一　『Fole』2016年9月
・人間の「非合理」を知っている。それが宗教の底力だ。――佐藤 優　『Fole』2017年1月
・老いも死も、万能解決策は「受け入れること」。――久坂部 羊　『Fole』2017年3月
・生命の仕組みを知れば、「操作の時代」も怖くない。――仲野 徹　『Fole』2018年5月
・「ヘンな日本画」には日本人の秘密がある。――山口 晃　『Fole』2014年2月
・「できる」と信じれば、人は何歳からでも伸びる。――坪田信貴　『Fole』2019年5月
・人間に注ぐ親鸞のまなざしを、インドの月光に見たのです。――高 史明　『Fole』2017年9月
・小説が描けるものは、「断片」の中の真理なのです。――小川洋子　『Fole』2018年6月
・現代人にとっての幸福は、「集中」にヒントがある。――石川善樹　『Fole』2017年12月
・演劇や芸術には「人を育てる力」がある。――平田オリザ　『Fole』2018年9月

本書は、みずほリサーチ＆テクノロジーズ（旧みずほ総合研究所）が発行する『Fole』の連載「対談　釈徹宗のだから世間は面白い」（2013年〜継続中）の内容をもとに、加筆・修正したものです。

釈 徹宗

しゃく・てっしゅう―1961年生まれ。浄土真宗本願寺派・如来寺住職。相愛大学教授。専門は宗教思想。『落語に花咲く仏教 宗教と芸能は共振する』(朝日選書)で第5回河合隼雄学芸賞を受賞。著書に『歎異抄 救いのことば』(文春新書)、『法然親鸞一遍』(新潮新書)、『NHK100分de名著 歎異抄』『NHK100分de名著 維摩経』『NHK宗教の時間「観無量寿経」をひらく』(いずれもNHK出版)など多数。

住職《じゅうしょく》さんは聞《き》き上手《じょうず》

——釈徹宗のだから世間は面白い

2023年2月5日　初版

著者　釈 徹宗

発行者　株式会社晶文社
東京都千代田区神田神保町1-11 〒101-0051
電話03-3518-4940(代表)・4942(編集)
URL https://www.shobunsha.co.jp

印刷・製本　中央精版印刷株式会社

ISBN978-4-7949-7352-8 Printed in Japan